W0281481

AtV

BRIGITTE REIMANN wurde 1933 in Burg bei Magdeburg geboren. Lehrerin. Erste Veröffentlichungen bereits 1955. 1960 Umzug nach Hoyerswerda. 1968 nach Neubrandenburg. Sie starb 1973 nach langer Krankheit in Berlin.

Werke: Die Frau am Pranger (Erzählung, 1956); Ankunft im Alltag (Erzählung, 1961); Die Geschwister (Erzählung, 1963); Franziska Linkerhand (Roman, 1974).

CHRISTA WOLF wurde 1929 in Landsberg/Warthe (heute Gorzów Wielkopolski) geboren. 1945 nach Mecklenburg umgesiedelt. Wissenschaftliche Mitarbeiterin, Redakteurin und Lektorin. Erste Veröffentlichung 1961. Lebt in Berlin und Mecklenburg.

Werke: Der geteilte Himmel (Erzählung, 1963); Nachdenken über Christa T. (1969); Unter den Linden (1974); Kindheitsmuster (1976); Kein Ort. Nirgends (1979); Kassandra (1983); Störfall (1987); Sommerstück (1989); Was bleibt (1990).

Brigitte Reimann und Christa Wolf lernten sich 1963 auf einer Reise kennen. Es war der Beginn einer Freundschaft zweier eigenwilliger Frauen, die sich in ihrem Anderssein akzeptierten und mochten. Für beide waren es krisenhafte Jahre, durchzogen von persönlichen Konflikten, bedrohlichen Erkrankungen und politischen Spannungen. Zu einer Zeit, in der man vieles nicht offen schreiben konnte, vertrauten sie sich in Briefen Sorgen, Ängste und Träume an, verstanden einander oft schon durch Andeutungen. Vom Tod überschattet, handelt ihre Korrespondenz gleichwohl vom intensiven Leben, zu dem eine der anderen Mut macht.

Brigitte Reimann
Christa Wolf

Sei gegrüßt und lebe

Eine Freundschaft in Briefen
1964–1973

Aufbau Taschenbuch Verlag

Herausgegeben von Angela Drescher

ISBN 3-7466-1058-3

1. Auflage 1995
Aufbau Taschenbuch Verlag GmbH, Berlin
© Aufbau-Verlag GmbH, Berlin und Weimar 1993
Umschlaggestaltung Bert Hülpüsch
Satz LVD GmbH, Berlin
Druck Elsnerdruck, Berlin
Printed in Germany

1 An Brigitte Reimann

[Kleinmachnow,] 17. 11. 64

Liebe Brigitte,

eigentlich wollte ich Dich schon lange mal anrufen, ich dachte mir, vielleicht würdest Du Dich freuen. Aber Du kennst das ja selbst: Einen Abend vergißt man's, am anderen ist keine Zeit, und so bleibt vieles liegen. Hab jedenfalls Dank für Deine Karte und Deinen Glückwunsch. Du kennst mich ja ein bißchen und wirst glauben, daß der Preis mich viel mehr belastet als gefreut hat. Ich fand ihn einfach übertrieben, wie ich überhaupt finde, das Weiterschreiben wird uns ein bißchen schwergemacht. Aber keine Lamentationen!

Was machst Du nach Deiner Reportage? Schreibst Du oder hat Dich Deine Scheidungsgeschichte – Pitschmann schrieb mir neulich, daß Ihr geschieden seid …

Ich mache gerade mit Gerd zusammen einen Film, „Fräulein Schmetterling". Eine Märchenkomödie. Außerdem habe ich eine neue Erzählung angefangen. So wenig wie diesmal hab ich noch nie gewußt, ob was draus werden kann. Daneben läuft immer noch meine Seghers-Biographie. Hat sich als ziemlich schwierig herausgestellt.

Im übrigen bin ich verzweifelt über die Flut von Einladungen und anderem Zeugs, Telefonaten usw., die täglich über den Schreibtisch fließt. Hast Du gehört, daß Erwin Strittmatter neulich nach einer langen Sitzung zusammengeklappt ist? Kreislaufkollaps. Er soll in letzter Zeit fast nur noch Briefe beantwortet haben …

Mach's gut, Brigittchen. Meld Dich mal wieder!

Herzlich
Chr.

2 An Brigitte Reimann

[Kleinmachnow,] 2. 4. 65

Liebe Brigitte –

na, war's sehr schlimm? Du hast es doch überstanden! Herzlichen Glückwunsch; und freu Dich!

Wir waren noch auf dem Akademie-Empfang am Montag, dachten, Dich dort zu treffen, aber Du hattest ganz recht, nicht zu kommen. Es war ziemlich trist.

Wahrscheinlich trifft man sich ja jetzt dauernd auf nationalen und internationalen Treffen. Ich fahre am 21. April nach Finnland. Darauf freue ich mich wirklich.

Herzlichen Gruß
Christa.

3 An Brigitte Reimann

13. 11. 66

Liebe Brigitte,

wir sind erst gestern aus der Sowjetunion zurückgekommen, da fand ich Deine Karte. Ich danke Dir für Deine Ermunterung. Nur weiß ich nicht recht, möchte es aber gerne wissen, was an der Lesung den Schluß zulassen konnte, ich sei in einer schlimmen Situation. Da Du dem Interview zustimmst, kann ich nur annehmen, es war der eigentliche Text, der Anfang der Erzählung, der Euch befremdet hat. Wirkte er deprimiert?

Daß das keine lustige Geschichte wird, ist klar. Ich streite auch nicht ab, daß ich im letzten Jahr nicht immer lustig war. Aber das ist eine andere Sache. Also sei so nett, schreib zwei Worte, was Du meinst.

Ich soll Dich grüßen von Steschenski, Bunin und Bogatyrjow. Erinnerst Du Dich noch an sie? – Wir haben neue

Leute kennengelernt und ein bißchen mehr und mehrerlei gesehen als früher.

Wie geht es Deinem Schreibkram?

Herzlich
Deine
Christa W.

4 An Christa Wolf

Hoy, 23. 11. 66

Liebe Christa,

hab schönen Dank für Deine Karte und die Moskau-Grüße. Ich will versuchen, Dir zu antworten, obgleich ich das Empfinden habe, daß Du Dich schon durch die Frage abschirmst gegen Vermutungen und Gerede über Vermutungen. Vor der Konferenz hätte ich Dir unbefangen erwidern können; jetzt muß ich mich bemühen, von all dem wegzudenken, was ich in Berlin gehört habe. Schwer vorstellbar, Du habest nicht bedacht, wenigstens geahnt, daß Deine Reise wie eine Demonstration wirken könnte, bestenfalls als Ausweichen. In der Tat hat sie aber so gewirkt, also zu Geschwätz Anlaß gegeben; viele haben es bedauert, daß Du nicht da warst, sie hatten gehofft, daß Du sprechen wirst – so hatten wir eben den Zimmering mit seiner Barrikadenlyrik, Wangenheim mit Kybernetik und Seeger mit seinem Genialen TROSTBERG (das Aug in schönem Wahnsinn rollend, als er Koch anklagte, weil er das Werk „in einer Reihe mit anderen“ genannt hatte). Bis in mein synthetisches Städtchen dringen selten Gerüchte, noch seltener Gewißheiten über dies und jenes, was in Berlin gesprochen oder abgesprochen wird; nur während der drei Tage als Reisende der Oberklasse – abends im Interhotel, weißt Du, hinter Glas, exquisit, wenn auch nicht ganz so exquisit wie ein Devisenkunde – hörte ich allerlei über Deine „schlimme Situation“. Dies alles beiseite. Nein, der Text wirkte nicht deprimiert, auch nicht der, den [Du] vor ein paar Monaten gelesen hast – die „Jakko"-Geschichte. Aber die Art, wie Du schreibst ... Zuerst war ich verwundert, als Du von der „Christa T." sprachst: Du hast also das andere Manuskript beiseite gelegt, vielleicht ganz aufgegeben. Das ist noch kein Grund, sich zu beunruhigen. Bei der „Jakko"-Geschichte fiel schon auf, daß Dein Stil sich verändert hat, so sehr, daß es auf jemanden, der die vorangegangenen Versuche nicht kennt, gewaltsam wirkt, nicht wie eine natürliche Entwicklung, an einer Stelle sogar schrill: gleich am Anfang, als der Regisseur über den Alex fährt.

Dann also die „Christa T."-Geschichte. Noch einmal: nicht die Geschichte befremdet; ich bin nicht so blöd, eine „Krise" zu wittern, weil aus einem Text nicht der dralle Optimismus lacht und weil Du die Geschichte von einer erzählst, die jetzt tot ist, vielleicht Selbstmord begangen hat, was weiß ich. Nein, es ist wieder der Stil ... Du mußt entschuldigen, wenn ich mich ungeschickt ausdrücke, herumsuche und nicht klipp und klar mit Beweisen komme; mit Gefühlen, erst recht Instinkten, läßt sich gar nichts beweisen, trotzdem muß ich sie ins Feld führen. Nur Deine Stimme war noch bekannt; die Identität wäre ganz verlorengegangen, wenn Du nicht selbst gelesen hättest. Wenn es stimmt, daß sich Wesen und Haltung eines Menschen in seinem Stil widerspiegeln, dann muß sich ungeheuer viel in Deinem Wesen, Deiner Haltung geändert haben – das ist der Eindruck beim ersten Hinhören. Aber je länger man zuhört, desto mehr spürt man etwas Gezwungenes, wenigstens Gesuchtes in dieser neuen Art zu schreiben, verstehst Du? Im „Geteilten Himmel" warst Du, wie mir scheint, sprachlich der Anna Seghers verpflichtet, das ging bis in den Satzrhythmus, in die Bildwahl, war aber mehr als bloße Beeinflussung, eher ein Zeichen von Übereinstimmung.

Deine neue Erzählweise ist, schroff gesagt, geborgt, oder salopp gesagt: sie steht Dir nicht. Der Hans, der Dich, also

Deine Arbeit, überaus schätzt und der nach der „Jakko"-Geschichte so begeistert war, daß ich vor Neid bald in Tränen ausbrach, sagte von der „Christa T.": Eine Germanistenarbeit. Ja, damals war ich neidisch, auf Deine Klugheit, Deine Unbeirrbarkeit, mit der Du ungeachtet aller Widrigkeiten schreibst – bestimmt nicht immer „lustig", wie Du's nennst, aber

5 An Brigitte Reimann

[Kleinmachnow,] 23. 12. 68

Liebe Brigitte,

ich lege den Brief, den ich an Dich schrieb, als Du gerade umgezogen warst, ungeöffnet wieder hier rein. Ehe ich Deine neue Adresse erfuhr, ist Weihnachten geworden. Ich wünsche Dir herzlich ein gutes Neues Jahr.

Deine Christa.

6 An Brigitte Reimann

Kleinmachnow, d. 23. 11. 68

Liebe Brigitte,

schon lange, besonders seit Gerd aus Hoyerswerda zurückkam, wollte ich Dir schreiben. Noch besser wäre es, sich mal wieder zu sehen. Vielleicht wird das was, über kurz oder lang. Die Leute, bei denen Gerd war und die ihm sehr gefielen, wollen ja auch mich mal einladen. Aber dann bist Du vielleicht nicht mehr da.

Lange Vorrede. Ich kann ja verstehen, daß Du einen Ortswechsel vornimmst – uns geht es so: Wenn wir in ein neues Haus einziehen, wie gerade jetzt vor einem dreiviertel Jahr, fragen wir uns am Einzugstag: Und wann ziehen wir wieder aus? Anscheinend ist diese Art von Aktivität ein Ersatz für andere Arten, die einem verwehrt sind. Jedenfalls empfinde ich es so, und ich muß sagen, daß mich die letzten Jahre gelehrt haben, mehr auf meine Empfindungen zu geben als auf alle möglichen Einredereien. – Eben über so was müßte man mal reden.

Immer noch Vorrede. Wie geht es Dir jetzt? Ich wünsche Dir sehr, daß Du Dich wieder ganz wohl und „auf Deck" fühlst. Es ist gut, daß Du so früh zum Arzt gegangen bist und dann auf der Operation bestanden hast. Nun kannst Du wenigstens ganz sicher sein, daß alles in Ordnung ist. Ich kenne viele solche Fälle, die Heilungschancen bei dieser Art von Krebs sind ja sehr hoch. Und das ist keine „Einrederei", Du weißt es ja selbst.

Was macht die Franziska? Wächst, blüht und gedeiht? Bei mir schreibt sich's schwer, obwohl ich die Illusion, daß man alles gleich veröffentlichen muß, was man schreibt, glaube ich hinter mir habe und damit doch eine wesentliche Hemmung überwunden. Nun wirkt natürlich der Familienbetrieb, der bei uns sehr ausgeprägt und entwickelt ist, auch ein bißchen zerstreuend, ebenso wie die vielen Leute, die aus und ein gehen, aber in Wirklichkeit muß es noch was anderes sein. Bei mir bezeichne ich es als Faulheit, verdächtig ist bloß: Früher war ich fleißig. Sollte das nachlassen? Jedenfalls wird die Anstrengung und der Zeitaufwand immer größer, die Ausbeute immer geringer …

Gerd war sehr angetan von den Sachen der Woltersdorfer Malerin, die er bei Dir gesehen hat. Sie heißt wohl mit Vornamen Erika. Ob man die nicht mal besuchen könnte? Würdest Du uns mal ihre Adresse schreiben? Wir haben ein paar schöne kleine Sachen von dem Albert Ebert aus Halle, und von einem Fritz Müller, auch einem jungen Hallenser. Bei uns sind alle Wände weiß, damit man die Bilder gut sieht.

Also kurz und gut: Schreib doch mal ein paar Zeilen, falls

Deine Umzugsräumerei das zuläßt. Hoffentlich findest Du in Neubrandenburg das, was Du suchst.

So. Ende der Vorrede.

Sei gegrüßt, auch von Gerd,

Deine Christa

7 An Christa Wolf

Neubrandenbg., 2. 1. 69

Liebe Christa,

zuvor Dir und Gerd und Deinen Mädchen alle guten Wünsche für das neue Jahr. Hab schönen Dank für die Vorrede oder – von mir aus gesehen: die Anrede. Ein Brief kommt in den nächsten Tagen. Vor knapp einer Woche habe ich zum erstenmal wieder am Buch gearbeitet, und nun muß ich unbedingt (vielleicht steckt ein Aberglaube dahinter) erst das Kapitel abschließen, an dem ich zum letzten Mal in der Klinik gekritzelt habe. Dann habe ich, hoffentlich, eine Art Frieden, die gebührende Sammlung, um einen Brief zu schreiben. Laß es Dir wohl ergehen und sei herzlich gegrüßt von

Deiner Brigitte

8 An Christa Wolf

Neubrandenburg, 29. 1. 69

Liebe Christa,

eine Bitte um Entschuldigung zuvor: weil ich mit der Maschine schreibe. Ich erinnere mich, daß Du einmal, nur halb scherzhaft, ausriefst: Dieser Barbar!, als Du hörtest, daß jemand – der Kant oder wer immer – seine Manuskripte mit der Maschine schreibt. Und nun gar Briefe! Aber seit ich tranchiert worden bin, kann ich nur noch mühselig mit der Hand schreiben. Also sieh's mir nach.

Das ist nun der dritte oder vierte Brief an Dich, die anderen habe ich verworfen, die waren zu lustig oder zu melancholisch oder von der Sorte „stille Tapferkeit", jedenfalls krampfig. Vielleicht liegt es daran, daß ich mich immer noch (chronische Pubertät) von heftigen und rasch wechselnden Stimmungen hinreißen lasse; vielleicht ist es, weil ich soviel Respekt vor Dir habe, also versucht bin, eine Rolle zu wählen, in der ich Dir wohlgefällig sein könnte. Aber heute ist mir ganz einfach nach Erzählen zumute, und ich will vergessen, daß ich seit langem – wenn auch still und von ferne – um Deine Gunst buhle, spätestens seit unserer Moskau-Reise. Hab ich Dir übrigens mal gesagt, daß Herr Sakaradse oder Eskapadse als Tourist in Dresden war und um ein Rendezvous gebeten hat? Ich habe es aber nicht gewagt hinzufahren, allein oder etwa eskortiert von Monsieur K. Gott, wenn ich an die Attacken des feurigen Herrn denke, an den Messerblick, mit dem er einen Störfaktor, etwa seinen Kollegen Rustaweli, bedachte!

Um Dresden ist es mir leid. So weit weg! Wir sind oft, zu selten, finde ich jetzt, nach D. gefahren, um eine Stunde im Zwingerhof zu sitzen (nirgends sonst habe ich diese glückliche Andacht empfunden wie dort, angesichts vollkommener Maße und Proportionen) und unsere Lieblingsbilder zu besuchen, das Giorgione-Weib und zwei in Nebensäle verbannte Außenseiter: einen wunderschönen Johannes-Kopf (von einem französischen Maler, dessen Namen ich mir nicht merken kann) und die reizendste Dame Potiphar, die Du Dir denken kannst: rundlich, schwarzäugig, kindlich unschuldig … unbegreifbar, warum dieser Lümmel Joseph seinen Mantel drangibt und solche Gespielin flieht.

Nun, N. hat zwar keinen Zwinger, aber eine Wallanlage, die unter Denkmalsschutz und auf der betreffenden Ministeriums-Liste im gleichen Rang steht wie der Zwinger, und das verdienen sie auch, Wall und Stadtmauer und Tore. Sogar im Winter macht es Spaß, auf dem Wall entlangzugehen, unter den alten Bäumen, von denen manchmal, wie auf lautlosen Befehl, Hunderte Krähen aufstieben. Und kennst Du die Tore? Am liebsten mögen wir das Anklamer, das zwar keine architektonische Kostbarkeit ist wie das Stargarder Tor, dafür aber in eine verwunschene Gasse führt, zu einer Mauer, an der eine Gedenktafel für den Kornett Rainer Maria angebracht ist, mit Spruch: „Kein schöner' Tod auf dieser Welt ..." oder so ähnlich. Gefallen im Kampf gegen Tillys fromme Räuber. Im März bringen wir unserem armen Kornett ein paar Rosen. (In Wirklichkeit war er Kapitän und hieß Pflug – aber zum Teufel mit Naturalismus.)

Du vermutest, daß Ortswechsel, Hauswechsel, Umziehen ein Ersatz für andere Arten von Aktivität ist. Möglich, daß wir beide dasselbe meinen; ich habe es nur mit einem anderen Namen belegt, der freilich etwas nach Winnetou klingt: Mutprobe. Und ein paar Schichten tiefer, versteckt, meinetwegen verdrängt, wie manche anderen Sehnsüchte, schwer artikulierbar: Hoffnung. Gut, so will ich es mal nennen, Hoffnung ... Ich wünschte wirklich, ich wäre endlich mal zu Hause. Nicht bloß in irgendeiner oder in einer bestimmten Stadt, Du verstehst. Aber daraus wird wohl nichts werden. Bestenfalls wird man – ich weiß nicht, wie lange – friedlicher leben, nicht mit gesträubtem Fell und spitzen Krallen. Das Gefühl, provisorisch zu leben, wird wohl bleiben, aber das hat subjektive Ursachen, dafür darf ich nicht die Gesellschaft oder die Partei oder wen immer verantwortlich machen.

Die alte Heimat, zuletzt Un-Heimat, war schlechterdings unerträglich geworden. Auch das Äußere, gewiß, Sand und Sand, verbrannte Wälder, die Wohnsilos, der Blick auf den sozialistischen Hinterhof (Häuser im Karree, Rasen, den man nicht betreten darf, kümmerliche Bäumchen), auf die Fenster, hinter denen jeden Tag zur selben Zeit die Lichter aufflammen und erlöschen – morgens um fünf, vor Schichtbeginn, und abends um zehn, wenn das Fernsehprogramm zu Ende ist. Schlimmer waren die Zänkereien, die Verleumdungen (politische, als die moralischen nicht mehr zogen, weil ich meine langjährige illegitime Liebe geheiratet hatte), die bösartige Dummheit, die sich da austobte.

Streit, aber ja, aber gern, wenn's fair zugeht: gegen die Methoden dortzulande war ich einfach wehrlos. Schlimm das Gefühl von Vergeblichkeit. Herrgott, ich habe für diese Stadt gekämpft, damit es den Leuten mehr Spaß macht, dort zu wohnen … aber sie war ja eine Errungenschaft, eine Heilige Kuh, die man nicht am Schwanz ziehen durfte. Na schön, die Wunden heilen, die man aus den Schlachten heimgebracht hat; bloß gelegentlich brennt eine alte Narbe, zum Beispiel, wenn man ein paar Jahre später belehrt wird, daß es auf „den richtigen Zeitpunkt für Kritik" ankommt (folgt die Litanei: WIR wußten schon damals, jedoch, hingegen, mit Rücksicht, aus Vorsicht, UNSERE Menschen hätten nicht verstanden, heute können wir kritisch einschätzen, trotzdem berechtigter Stolz auf, etc., Aula-Getön, bloß ohne Witz und Wort-Feuerwerk). Wann, zum Teufel, ist der richtige Zeitpunkt, auf einen offenen Brunnen hinzuweisen? Jetzt weiß ich es. Leider ist das Kind inzwischen ertrunken, hat jedenfalls zuviel Wasser geschluckt und wird vielleicht, wahrscheinlich demnächst in aller Stille bestattet, obgleich sich noch einige Leute – so die Schmidts und ihre Freunde, bei denen Gerd war – mit Wiederbelebungsversuchen abplagen.

Kurzum, ich brauchte andere Luft. Das Klima in N. ist freundlich, ein bißchen sibirisch im Sinne von „budjet". Was mich zuerst befremdet, manchmal verstimmt hat, ist das Getue, als ob ich zum zweitenmal den Bitterfelder Weg beschreite. Haben Sie schon Pläne für einen Roman über Landwirtschaft, über unsere Bäuerinnen, über die Probleme der Kooperation? NEUBRANDENBURG ist eine Fahne, scheint's. Die schlichtesten Umzugs-Gründe sind offenbar am schwersten verständlich: Freude an alten Toren, lebendigen Straßen, an Wäldern und Seen, an Gesprächen mit Leuten (ich meine jetzt vor allem: Kollegen), die Ansichten haben, ein Gesicht, Eigenarten, sogar Schrullen. Aber davon ein andermal: die Kollegen sind ein Kapitel für sich (in dem Sakowski – eine Romanfigur, sage ich Dir! – die meisten Seiten beansprucht), und der ganze betriebsame Verband, der gar so betriebsam gar nicht ist, den aber – vor allen anderen Bezirksverbänden, die ich kenne – eine Art Solidarität auszeichnet. Natürlich kein Paradies, in dem Löwe und Lamm selig nebeneinander lagern; immerhin, man sorgt sich um andere, für andere, und meist auf taktvolle Weise, und ich habe hier in den wenigen Wochen mehr Hilfe und Freundlichkeit erfahren als all die Jahre in Hoy, obgleich ich mit einer gewissen Hypothek belastet hierhergekommen bin (Du weißt, diese Sache mit der Unterschrift; beinahe wäre das Unternehmen Neuland daran gescheitert, jedenfalls haben sich die Leute in C. redlich bemüht: Anruf genügt).

Jetzt fühle ich mich schon ganz heimisch, auch in meiner putzigen Wohnung, die mir zuerst ein bißchen unheimlich war (nach zehn Jahren in einem Mietshaus, vierter Stock, zwölf Familien im Aufgang); Erdgeschoß einer vergammelten kleinen Villa, eigentlich nur ein sehr großer Raum, den wir aber durch Rabitzwände geteilt haben. Die Wände reißen, Dielen ächzen, unvermutet springen Türen auf (dafür läßt sich nur eins der vielen Fenster öffnen), Gläser und Spiegel klirren, Gott weiß warum, und Regentropfen auf den Blechsimsen klingen wie knöchernes Pochen: eine Agatha-Christie-Wohnung, sagt Schreyer. Unmöglich, hier „Kaltblütig" zu lesen; damit mußte ich warten, bis Hans, der noch im Kraftwerk Boxberg arbeitet, mal zu Besuch kam. Selbst den Großen Sakowski schaudert's, er findet, ich lebe wie auf dem elektrischen Stuhl (alles, was mit Wärme zu tun hat, ist elektrisch, weil's keine Öfen in der Wohnung gibt). Aber sonst ist es romantisch, ich habe eine Mini-Terrasse, einen Garten vorm Fenster, einen Kirschbaum so nah, daß ich vom Schreibtisch aus Kirschen pflücken kann, Weinranken rings um den Erker – im letzten Sommer, als wir uns das Budchen ansahen, war das ganze Zimmer in ein zaubrisch grünes Licht getaucht, der Garten verwildert, das Gras hüfthoch ... Leider, dieses Jahr muß gejätet werden, die Gartennachbarn haben sich schon beschwert, weil das Unkraut, das schöne, wilde, ihre artigen Beete bedroht. Und hinter dem Garten, den kein Zaun begrenzt, gibt es einen schmalen Weg (bevorzugt von illegalen Erntehelfern) und ein Flüßchen und hohe Bäume, Birken, Tannen und Erlen, in denen die unvermeidlichen Krähenbiester, diese Hitchcock-Vögel, hausen, und hinter Fluß und Bäumen ist eine Baustelle mit Rapids, grünen und roten Lichtern und den vertrauten Geräuschen, die nicht stören, im Gegenteil, denn ich mag Baustellen, Bauten, das Bauen. Ein neues Haus ist Luthers Apfelbaum, also Bejahung, Wagnis der Dauer. (Während hier, wie in Hoy, die Düsenjäger den Himmel aufschlitzen –) Wahrscheinlich habe ich deshalb meine furchtsame und aus Furcht tapfere Dame Franziska zur Architektin gemacht. Armes Kind! Pitschmann, der neulich mal bei mir war, findet, sie ist krank an der Seele, überhaupt seien alle Leute im Buch krank, verklemmt, mit Macken behaftet, kurzum verrückt – „wie die Autorin", sagte er in seiner aristokratisch suggestiven Art, so, daß ich nachher heulend zu Bekannten lief und fragte, ob ich tatsächlich verrückt sei.

Ach, es geht nicht voran mit der Kleinen, sie wird aggressiv aus Hilflosigkeit (weil man von ihr nicht fordert, was ihrem Anspruch an sich selbst und ans Leben nahekäme), und alles, was sie bis jetzt erreicht hat, ist ein Kuß ihres Liebsten, den sie sich erfunden hat, der aber existiert. Überhaupt, mit dem Buch geht es nicht voran, trotz Fleiß, trotz Freude an der Arbeit – eine so egoistische Freude, daß es mich zwar für eine Weile erschüttern, aber nicht zerschmettern würde, wenn es nach so vielen Jahren Arbeit nicht fertig oder nicht veröffentlicht wird –, ich bin schrecklich unsicher, und ein Urteil wie das von der Annemarie A., die sagte, das Buch habe keine Fabel, kann mich wochenlang arbeitsunfähig machen (aber warum, um Himmels willen, muß ein Buch eine Fabel haben?), oder so ein Augusttag …

Und die Krebserei natürlich. Fast das ganze vergangene Jahr habe ich verloren, trotz gelegentlicher Anfälle wahrer Arbeitswut, wenn ich die drei Schaufeln Erde poltern hörte. Sieben Monate Todesangst …. Ich hab ja gewußt, daß ich krank bin. Unbegreiflich, daß kein Arzt sich zu mehr als einem beschwichtigenden Lächeln aufgerafft hat. Heute bekam ich von einer Charité-Kapazität die Rechnung für „ärztliche Bemühungen". Makaber. Im Juli bin ich bei dem Berühmten gewesen; ich erinnere mich noch an den Tag, sogar an das Kleid, das ich trug (und jetzt nicht mehr tragen kann, wegen der Narben), und ganz scharf an den Augenblick, als ich in das Caféchen stürzte, in dem Hans wartete, und nach einer Flasche Sekt brüllte. Gesund! ER hat's gesagt. Dieser Augenblick erschien mir – später – ärger als die Wahrheit, als die ganze Affäre, die Klinik, Operation und so. Da hatte ich auch keine Angst mehr; weißt Du, man hat einfach zu viel damit zu tun, gesund zu werden, zu trainieren, den Arm wieder gebrauchen zu lernen. Die Angst ist nachher wiedergekommen, und jetzt ist sie mörderisch, jetzt hat sie sich eingenistet in einem Bereich, für den ein Chirurg oder sonst ein Arzt nicht mehr zuständig ist. Jede Nacht, jede Nacht die entsetzlichen Träume. Die äußeren Spuren, diese Duellanten-Narben, lassen sich mit preußischer Haltung – dies sogar im Wortsinn – ertragen und kaschieren; kaum zu ertragen ist die Frage nach dem nächsten Mal, die man sich selbst immer wieder stellt. Prof. Gummel hat es wohlgemeint, als er, um mir das Rauchen zu verleiden, erzählte, man habe festgestellt, daß es bei manchen Menschen eine gewisse Anfälligkeit für den Gottseibeiuns gibt, eine Neigung der Zellen, bösartig zu werden. Ich drücke mich unwissenschaftlich aus, aber Du verstehst, was ich meine. Das mit den Zellen ist leider keine „Einrederei". Die Zigaretten habe ich nicht weggeschmissen, dafür gewisse Schränkchen ausbaldowert. In meinem Clan gibt es auch eine Ärztin und einen Chemiker, der in der Forschung arbeitet. Nein, bei der nächsten Runde spiele ich nicht mehr mit.

Na, genug davon. Tagsüber ist – nun, eben Tag, man schreibt, interessiert sich mehr für die Kümmernisse seiner Romangeschöpfe als für die eigenen, geht einkaufen, denkt an die fälligen Steuern, wünscht sich ein (leider unerschwingliches) Kleid, delektiert sich am Briefwechsel zwischen Hammel und Höpcke und kocht Kaffee für nette und weniger nette Besucher, und so ist's gut und in der Ordnung. Heute abend kommt der Wolfram Schubert, wir wollen uns Mahalia Jackson anhören. Den letzten Sonntag haben wir in seinem Atelier verbracht; er hat in Burma sehr schöne Aquarelle gemalt. Einer, der Farben hat, nicht bunt ist. Was mir sehr gefiel: daß er es geschafft hat, in einem Bild die fließende, vom Rücken über die Schultern und bis in die Fingerspitzen fließende Bewegung einer Negerin festzuhalten, die in den Spiegel blickt. Ein Studienblatt, Halbakt, ist schon so gut wie einkassiert, obgleich ich Graphiken und Lithos bereits an die Türen pinnen muß, weil auf den Wänden kein Platz mehr ist. Ein Bild von dem Ebert habe ich mir früher auch gewünscht, seit der 6. Deutschen nicht mehr: vielleicht tue ich ihm Unrecht, aber mir scheint, er trägt jetzt Naivität, er kommt mir vor wie ein Rousseau, der nun weiß, daß sein „Zöllner" mit hunderttausend Dollar notiert wird. An Metzkes muß man sich heranpirschen (übrigens will ich das schon seit 56; erinnerst Du Dich an den „Abtransport der Siebenarmigen Göttin"?); die Schmidts waren neulich bei ihm und haben zwei Graphiken erstanden, zu zivilen Preisen. Ach, und Böttcher steht auf dem Programm, und und …

Daß ich ja nicht die Adresse von der Erika vergesse: Stürmer-Alex, 1255 Woltersdorf, Brunnenstraße 3. Wär gut – für sie, für Euch –, wenn Ihr sie mal besuchen würdet. Bei der Erika hab ich endlich begriffen, was es mit dem verruchten Abstraktionismus auf sich hat.

Gestern hat mich ein Brief von Henselmann etwas bekümmert und enttäuscht: er, der so viel von Ikonographie und Symbolen hält (eine Uni in Form eines aufgeschlagenen Buches; ein Rostocker Monumentalbau in Form eines Schiffsbugs), er bedankte sich für ein Blatt von der Erika, eine freilich verschlüsselte Graphik, die ich ihm geschickt hatte, bedankte sich etwas süßsauer, weil er findet, „die Zeit der Scharaden und Bilderrätsel sei doch wohl vorbei". Schade. Aber ein Grund mehr für mich, Euer Urteil über die Arbeiten der E. zu hören.

Hoffentlich berührt's Dich nicht peinlich, Christa, daß ich so viel plachandert habe. Du mußt ja auch nicht antworten. Kommst Du zur nächsten Vorstandssitzung? Probleme des Romans, nun ja, und vielleicht gibt es mal was Interessanteres zu hören als die einigermaßen nebulösen Auslassungen Dr. N.s über DAS GROSSE THEMA. Inzwischen warten wir auf die „Christa T.". Halt Dein Herz fest; Du weißt ja, was Dich erwartet. Man hört schon allerlei von gewetzten Messern … aber manchmal sind die Lobschreier gefährlicher, ausgenommen solche wie Caspar (der schreit ja auch nicht). Hans K[…] legt Dir seine Verehrung zu Füßen und fragt an, ob Du wieder oder noch an der Jakko-Geschichte schreibst. Vor zwei oder drei Jahren hast Du im Rundfunk das erste Kapitel gelesen; da haben wir geheult – Monsieur K. beinahe (vor Begeisterung) und ich richtig, mit Schniefen und Tränen (vor Neid).

Grüß Deinen Gerd, bleib gesund und sei herzlich gegrüßt von

Deiner Brigitte.

Die große Entdeckung: Katajew. Der „Heilige Brunnen“ ist ja nun erschienen. Hast Du in der „Sowjetliteratur“ das „Kraut des Vergessens“ gelesen? Da marschiert einer mit 70 Jahren schnurstracks in die Weltliteratur!

9 An Brigitte Reimann

[Kleinmachnow,] 5. 2. 69

Liebe Brigitte,

siehst Du, da schreibe ich auch mit Maschine und kann mich gar nicht erinnern, daß ich einmal von einem Maschinenschreiber „der Barbar!“ gesagt haben soll ...

Dein Brief ist mir bis in die Nacht nachgegangen, hat mich sogar ein bißchen Schlaf gekostet, ich wollte Dir gleich heute früh schreiben, aber da mußte ich erst so einen langen Dreck-Protest-Brief an den Verlag loslassen, der, wie fast alles, was man auf dieser Ebene tut, überhaupt nichts nützt und den man sich dann doch immer noch mal schuldig zu sein glaubt (weil sie seit drei Monaten die „Christa T.“ durch alle möglichen öffentlichen und nichtöffentlichen Auseinandersetzungen zerren, ohne daß irgendein Mensch mir je ein Sterbenswörtchen sagen würde: Warum plötzlich der Fertigungsprozeß gestoppt wurde, warum dann die Auflage herabgesetzt auf 5.000, von denen nur 3.000 ausgeliefert werden sollen, warum aber auch die nun seit über einem Monat nicht fertig werden können ...). Na egal. Das Erlebnis „Die Hände weggeschlagen“ ist eines meiner Grunderlebnisse der letzten Jahre, sozusagen das Letzte, was ich je als

Erfahrung erwartet hätte. Aber was dieses Buch betrifft: Für mich ist es nun genau vor zwei Jahren abgeschlossen. Ich glaube kaum, daß man mir noch etwas Kritisches, Zutreffendes darüber sagen könnte, was ich nicht inzwischen selber weiß. Und ob Du es unbedingt jetzt lesen sollst, weiß ich gar nicht, es ist tatsächlich ein bißchen traurig.

Dagegen schick ich Dir einen Aufsatz über „Lesen und Schreiben" (den Du mir bitte bei Gelegenheit zurückschikken möchtest), die Idee kam mir, als ich in Deinem Brief über die Wirkung las, die eine Bemerkung, Dein Buch „habe keine Fabel", auf Dich gemacht hat. Na und? Hat es in Gottes Namen keine Fabel, aber vielleicht spricht ein Mensch ehrlich über Erfahrungen, die ihm möglich oder nötig oder wichtig waren: Was kann man mehr erhoffen?

So. Jetzt hab ich den Überdampf, der von meinem Verlagsbrief noch in mir war, abgelassen, und jetzt fängt der Brief an Dich an. Ich hab oft gesagt, daß es über unsere Zeit leider später mal keine Briefliteratur geben wird, weil kein Mensch mehr Briefe schreibt, aus mehreren Gründen. Auch ich nicht, oder nur selten. Mitteilungen, Anfragen, Proteste – das ja. Aber einen richtigen Brief? Kann man sich denn auf irgendeinen Briefpartner verlassen? Und jetzt hast Du mir einfach einen geschrieben, und das hat mir sehr wohlgetan. Weißt Du, warum ich Dir wirklich geschrieben hatte? (Ich zögerte, weil Du denken mußtest, die Nachricht von Deiner Krankheit hätte mich zu einer Mitleidsäußerung veranlaßt.) Weil Gerd mir sagte, Du habest ihm sehr gefallen, als er bei Dir war. Da wurde ich neugierig, und das scheinst Du ganz richtig verstanden zu haben. Jedenfalls sagst Du mir genau das, was ich jetzt wissen wollte: Wie Du bist. Diese Tatsache war der erste Punkt, der mich ein Stündchen Schlaf kostete, um das es mir nicht leid tut. Den zweiten kannst Du dir denken: Das, was Du Deine „Krebserei" nennst. Ein paar Worte dazu, damit ich sie hinter mir habe.

Ich weiß, daß man eigentlich gar nichts dazu sagen kann. Auch gegen angstvolle Nächte gibt es im Grunde kein Argument, ich weiß das, weil ich solche Nächte – aus anderen Gründen – kenne. Nur die Zeit kann Dir wieder Lebens-Sicherheit zurückgeben, ich rechne sehr mit der Zeit. Daß es ein im wahren Sinn des Wortes einschneidendes Erlebnis bleiben wird, ist selbstverständlich.

Meinetwegen auch noch einen Satz zu Deiner Andeutung von den gewissen Schränkchen der Ärzte und Chemiker: Du wirst sie nicht brauchen, Brigitte, glaub man. Das Daran-Denken ist mir, wiederum aus anderen Gründen, nicht ganz fremd. Ich werd in anderthalb Monaten vierzig. Mir kommt beinahe vor, als ob man es dann, für die erste Runde, hinter sich hätte. Und bei der zweiten spielt man halt doch wieder mit, denn wer sagt dir, daß es die letzte wäre? Zu leben, und möglichst nicht gar zu sehr gegen den eigenen Strich zu leben, das heißt zu arbeiten und ein paar Leute daran teilhaben zu lassen, ist die einzige Art von Tapferkeit, die ich heute sehe. Mir gefällt sehr, wie Du sie aufbringst.

Dabei bin ich in manchen Äußerlichkeiten – zum Beispiel mit dem Verband in N. – skeptischer als Du – aber das kann Vorurteil sein. Und es ist der winzigste Teil meiner Skepsis; wovon der größere Teil sich nährt – und leider immer neue Nahrung findet –, das liest Du vielleicht aus dem Manuskript heraus, das beiliegt und eigentlich gegen diese Skepsis geschrieben, ihr abgezwungen ist (jedesmal denke ich: noch mal abgezwungen). Wenn wir Zeit hätten … Aber haben wir sie?

Mein Tag unterscheidet sich sicher, bis auf die Arbeitsstunden, sehr von Deinem. Jeden Tag ist um mich ein großes Haus, ein großer Haushalt und viele Leute. Mein Vater wohnt jetzt auch noch bei uns, da meine Mutter vor vier Monaten starb. Jeden Mittag sechs Leute zu Tisch. Die Kinder sind siebzehn und zwölf. Die Große möchte […] versuchen, Psychologie zu studieren, die Kleine legt ihre ganze Leidenschaft ins Reiten und träumt von einem einsamen Bauernhaus mit Pferden und mannshohem Gras ringsum, in dem sie mit Mann und Kindern wohnen wird. Im letzten Jahr gab es mit der Großen manches Turbulente, für sie zu frühe Erfahrungen, die die Unsicherheit dieses Alters noch steigern. Jetzt steckt sie in Liebeswirren. Und Mutter muß alles brühwarm mitmachen, darf aber um Gottes willen nicht viel dazu sagen, vor allem nichts Prognostisches, weil es leider meistens eintrifft. Übrigens denken wir schon wieder – allerdings nicht für heute und morgen – ans Umziehen, und eine kleine dies betreffende Expedition wird uns nach dem 21. Februar vermutlich in Euern Bezirk und dann sicher auch zu Dir führen. Irgendsowas wie Telefon hast Du wohl nicht?

Manchmal sehne ich mich ein bißchen nach Alleinsein, ganz ungestört etwas ausspinnen können, aber das wird dem Alter vorbehalten bleiben. Ja, Katajew hat mir auch sehr gefallen, und die Erika Stürmer-Alex werden wir sicher mal besuchen, nun, da wir ihre Adresse haben, allerdings wohl erst im Frühjahr. Denn Montag fahren wir für zehn Tage mit Tinka, was die Kleine ist, nach Thüringen. Zur nächsten Vorstandssitzung – weiß noch nicht, ob ich komme. War bei der letzten über Dramatik. Da sagten die Dramatiker, daß es bei uns weder antagonistische Widersprüche noch schlimme Konflikte noch böse Gegenspieler gibt und wollten damit wohl etwas zugunsten ihrer schwachen Stücke anführen. Und Käthe Rülicke pries es als Fortschritt, daß Wogatzki die Konflikte ohne künstlerischen Einfall direkt aus der Ökonomie nimmt. Danach hatte ich dann zwei Tage zu tun, meine Migräne wieder loszuwerden, das war ja zum Kotzen. So viele Leute auf einem Haufen, denen das schlechte Gewissen aus allen Knopflöchern linst; und die keins haben – ich meine: kein schlechtes Gewissen –, sind noch finsterer, und ein Wettbewerb schien ausgeschrieben zu sein, daß keiner nichts sagen soll, und wenn ich hätte Preisverteiler sein müssen, ich hätt nicht gewußt, wem den Preis geben. Aber Preisverteiler bin ich nicht, und das ist ganz gesund.

Überhaupt finde ich, daß es mir gutgeht. Wenn ich mich nun noch entschließen kann, die Sachen zu schreiben, die ich als nächste schreiben möchte ... Einige von ihnen gehen ziemlich an meine eigene Substanz, vielleicht ist das das geheime Hindernis, das ich öffentlich „Faulheit" nenne. Nein, die Geschichte, in der das Jakko-Kapitel vorkam, habe ich nicht weitergemacht, sondern etwa bei Seite 150 liegengelassen. Sie war nicht gut genug, hab ich nach anderthalb Jahren gemerkt, zu tief gezielt. Weiß gar nicht, wieso man beim Anhören soll schniefen können. Gerd liest immer mit Tinka Geschichten, zum Beispiel „Der alte Mann und das Meer", oder „Ausflug der toten Mädchen", da liegen sie beide in seinem Zimmer auf dem Sofa, und wenn sie rauskommen, haben sie beide verheulte Augen: Das sind aber auch Gründe.

Während hingegen: Was hat man gemacht, mit vierzig? Meine Güte, da gibt's kein Beschönigen. Irgendwie wird und wird unsere Generation nicht fertig, findest Du nicht. Na klar, man gibt ihr einiges zu schlucken, aber wer fragt später danach? Wer fragt später nach uns? Vermessener Gedanke.

Weißt Du noch, wie Du in Moskau entsetzt warst, als niemand sich bereit fand, in der nassen Bahnhofshalle einen Betrunkenen aus der Pfütze zu ziehen? Und Du das dann – mit Deinem Eskapadse – machtest? Und so enttäuscht warst von den neuen Menschen, die Du Dir anders vorgestellt hattest? Und ich mir überlegen vorkam, weil ich sie schon ein bißchen kannte? Weißt Du noch das kahle Zimmer im Kiejewskaja, und die Kämpfe um die morgendliche Dusche? Wolodja Steschenski, der mich damals liebte, liebt mich immer noch, aber er trinkt nun sehr viel, und sagt, daß man ein zweites Leben haben müßte, in dem man alles verwirklicht, was man im ersten nur träumt. Dann, sagt er, würde er auf mich warten. Bloß ich nicht auf ihn, so ist das.

Damit endet der Brief. Grüße an „Monsieur K." und an Dein Städtchen, das wir uns bald mal angucken kommen werden.

Deine Christa.

Ich lese gerade Kafkas Briefe an Milena. Ach, mein Gott, kann ein Mensch verletzlich sein. So ohne Haut leben müssen, und nicht nur für Wochen, sondern immer, sogar in steigendem Maße!

Wir haben ein neues wunderschönes Bild von einem jungen Hallenser Maler: Die blaue Stadt. Fritz Müller heißt er. Ganz erstaunlich.

10 An Christa Wolf

Neubrandenburg, 16. 2. 69

Liebe Christa,

gestern habe ich Dir ein kurzes Informationsbulletin geschrieben – weil ich hoffte, ihr seid schon beim Kofferpacken und werdet dieser Tage in den Hohen Norden und nach N. kommen –, aber das braucht gar nicht erst abgeschickt zu werden: wir sind eingeschneit, und immer noch fällt der Schnee, und der Himmel hängt bis auf die Bäume runter, und sicher werdet ihr bei diesem Wetter keine Erkundungsfahrt riskieren, immer in Gefahr, unterwegs in einen Hubschrauber oder einen brüderlichen Panzer umsteigen zu müssen.

Die Information lautete: ja, ich habe ein Telefon, und die Nummer ist: 6025. Bitte, notier sie Dir; sie steht nicht im Telefonbuch. Eine „Geheimnummer", die sich Caspar mit Geheimtinte aufgeschrieben hat, versichert er spöttisch, und zum Lachen oder Auslachen ist es ja auch, eine blöde Idee, die wahrscheinlich irgendeinem Spieltrieb entspringt, denn die Furcht vor anonymen Anrufen ist doch mehr ein Vorwand (obgleich es in Hoy wirklich schlimm zuging; irgendwelche Perversen, die sich per Telefon abreagierten; einer hat mich wochenlang so gefoltert, daß ich zu heulen anfing, sobald das Telefon läutete).

Ferner hatte ich Dich in dem Briefchen gebeten, mir den Aufsatz noch ein Weilchen zu lassen, damit ihn auch der Hans lesen kann (er hat erst zum Monatsende seine Große Heimreise, wie es auf dem Bau heißt).

Wir teilen immer, wenn der eine oder der andere etwas Teilens- und Mitteilenswertes entdeckt, eine Geschichte, Musik, Briefe, und reden stundenlang darüber, oft sehr heftig, weil wir grundverschieden sind. Aber das gehört ja gar nicht hierher ... drängt sich einfach dazwischen, weil ich Sehnsucht nach meinem lieben Herrn habe, und inzwischen – nämlich zwischen diesem und dem vorhergehenden Satz – ist eine ganze Stunde verflossen, während der ich herumlag und an die Decke starrte, allerlei krauses Zeug dachte und zuletzt merkte, daß ich unseren Sonntagsriten gehorchte, zu denen auch die Stunde Meditation und An-die-Decke-Starren gehört. Heute ist Sonntag, und jetzt Nachmittag, Stille, Schneelicht, und alles zusammen ist scheußlich, wenn man allein ist, und deshalb habe ich einen langen Brief geschrieben, zum Glück bloß in die Luft. Aber warum eigentlich „zum Glück"? Du sagst, daß es später mal über unsere Zeit keine Briefliteratur geben wird, und ich wollte widersprechen, und nun schreibe ich selbst bloß in die Luft, weil, zum Beispiel, unter zehn Fragen, die ich stellen wollte, fünf töricht sind.

Eben fuhr ein Wagen der Katastrophen-Kommission durch die Straße und rief die Bürger auf – ich weiß nicht, wozu, denn nach dem ersten Satz ging der Lautsprecher oder das Mikro kaputt, und darüber mußte ich so lachen, daß die Trübsal erst mal weg ist. Ein Einbruch der Wirklichkeit in diesen allzu stillen Nachmittag. Und überhaupt ist es nett, daß hierzulande immer irgendwas kaputtgeht und daß, dank eines winzigen dreisten Schräubchens, das sich ungefragt verkrümelt, der Geist aus der Flasche, die TECHNIK, auf menschliches Maß zusammenschrumpft.

So, und nun will ich aufhören, mich herumzuwinden, und Dir schlichtweg sagen, daß ich sehr glücklich über Deinen Brief war, und dieses Glücklichsein schließt auch Verwirrung und Kümmernis ein: über das Gezerre wegen der „Christa T.", über diese Alibi-Auflage, erst recht über die „abgeschlagenen Hände" und Deine Frage: Kann man sich denn auf jemanden verlassen? Wärst Du leibhaftig hier im Zimmer gewesen, dann hätte ich dreimal ja geschrien, schamhaft stumm auf mein Herz gewiesen und Dir dann Gott weiß wie viele Menschen aufgezählt, auf die Du, gerade Du, Dich verlassen kannst. Weißt Du denn wirklich nicht, wie sehr Du geliebt und verehrt wirst? Auch von Leuten, die aus diesem oder jenem Grund Deine Art zu schreiben nicht mögen, oder bedauern, daß Du – um es vereinfacht zu sagen – „resignierst". Welche Haltung Du auch immer einnimmst, sie wird respektiert, weil man weiß und voraussetzt, daß Du nichts tust oder sagst, was Du nicht durchdacht hast. Und nun erst die anderen, die glänzende Augen kriegen, wenn Dein Name fällt! Ach, Christa, ich will Dir ja nicht um jeden Preis Vertrauen einreden ... bloß, ich wünschte, Du denkst öfter an die Bewundernden und die Verläßlichen und an die, die Dir zuhören und auf Dein Buch warten, weil sie auf Antworten (oder sollte ich besser sagen: auf Fragen?) warten oder darauf, daß hier etwas artikuliert wird, was man selbst nur dunkel empfindet, bestenfalls stammelnd auszudrücken vermag. So ist es mir mit Deinem Aufsatz ergangen ... aber darüber will ich heute noch nicht schreiben; da muß noch viel durchdacht werden, überprüft (im Sinne von Selbstprüfung), nachgelesen, auch der Büchner, den ich viel zu früh und seither nicht wieder gelesen habe, weil ihn die Zeitgenossen beiseite geschoben haben.

Da ich eben von Deinen Anhängern spreche, fällt mir ein, daß ich einen Auftrag habe: eine Anfrage, die ich mit „diplomatischem Geschick" vorbringen sollte. Aber Parkett ist mir zu glatt und unheimlich schon seit früher Kindheit (in Sanssouci bin ich einmal fürchterlich hingeschlagen, und das ist nun die Erinnerung an ein schönes Schloß: der kopfnickende Chinese und die Detonation in meinem Schädel), also ohne Diplomatie: Die Schmidts möchten Dir etwas schenken, und nun soll ich Dir irgendeinen Wunsch entlocken. Vielleicht magst Du eine bestimmte Schallplatte, oder ein Buch, oder eine Graphik? Bitte, schreib es mir, und wenn's ein Buch ist, das Du Dir gut und gern selbst kaufen könntest, darum geht es ja nicht, sondern um das Zeichen, das Dir jemand senden möchte. Sie waren schon so betrübt, als Reiner ihnen einen Korb gegeben hat. Ich glaube, Sie würden sich sogar von einer Metzkes-Graphik trennen, um Dir eine Freude zu machen. Du vergißt es nicht und gibst mir einen Wink, nicht wahr?

Vorhin hatte ich dazu angesetzt, etwas übers Briefeschreiben zu sagen, und zwar aus guter Erfahrung, weil ich drei Brieffreundschaften habe, die seit mehr als zehn Jahren bestehen: mit einer Frau in Amsterdam (sie ist Deutsche, wir sind in derselben Kleinstadt aufgewachsen, sie hat dann später einen Holländer geheiratet, Kommunisten und ehemaligen Widerstandskämpfer, der acht oder neun Sprachen beherrscht und als Dolmetscher in Berlin lebte; meine Freundin ist auch Genossin, und gerade die Parteizugehörigkeit – sie zur SED, er zur KP der Niederlande – spielt eine Rolle in der verzwickten und bitteren Geschichte der beiden: sie mußten das Land verlassen, obgleich sie tausendmal lieber hier leben würden und in Amsterdam vor Heimweh umkommen); mit Wolfgang Schreyer, einem der wenigen Kollegen, die den Ehrennamen „integre Persönlichkeit" verdienen, denn das ist er wirklich, integer, und ein nobler Freund, und scharfsinnig und scharfzüngig ... na, und dann mit noch einem, der nicht aus unserem Metier ist, mein Wahl-Vater, ein großartiger, unerträglicher Mann mit allen guten und allen schlechten Eigenschaften, die ein Mensch haben kann, und ich könnte heulen, wenn ich daran denke, daß jetzt die schlechten die Oberhand haben, weil er Karriere macht, vielmehr: wieder mal Karriere macht, aber nun beflügelt von Torschlußangst, so, daß er über Leichen gehen würde ... Darüber habe ich vorhin auch meditiert: warum so viele Leute unleidlich werden, wenn sie Erfolg haben, und warum Erfolg so oft zusammengeht mit Verrat an sich selbst, und warum er manche satt macht, daß sie an Leib und Seele verfetten, und manche macht er unsicher, was beinahe noch schlimmer ist, weil hinter dieser Unsicherheit so etwas wie schlechtes Gewissen steckt (so scheint es mir jedenfalls), das überspielt, überschrien, mundtot gemacht werden muß.

Gott, ich schmeiße Kraut und Rüben durcheinander. Na, macht nichts, ich werfe noch ein bißchen Kraut dazu: die Scheu, Fragen zu stellen (weil fünf von zehn vielleicht töricht sind), weißt Du, die kommt auch aus der Auer-Ecke. Ich weiß ja, daß ich kein Intelligenz-Riese bin, aber sie hat's mir auf so brutale Art gesagt, daß ich mich bis heute nicht davon erholt habe. Damals, bei diesem Gespräch für den SONNTAG, dem Interview, in dem übrigens kein Antwort-Satz von mir war („die unwiderstehliche Dynamik des sozialistischen Alltags" – du lieber Himmel!). Vielleicht hat es mich so erschüttert, weil ich an Freundschaft geglaubt hatte, und so was war es ja auch, wenigstens ein freundliches Verhältnis zwischen einer reifen Frau und einem verspäteten Backfisch. Nun ja, und bei diesem Gespräch habe ich zum erstenmal protestiert, wenn auch schüchtern, gegen die Dummerchen-Rolle. Protest wegen dieser Fabel-Sache, wegen des Tadels dafür, daß man auf Seite 300 noch nicht weiß, wo es hinaus soll mit der Heldin, wegen der zehnmal wiederholten Bemerkung, ich müßte dankbar sein, daß sie (A. A.) dieses unmögliche Buch absichert dadurch, daß sie darüber ein Interview macht ... O je, das Gewitter! Donner, Blitz und Hagelschlag, und der Hans kriegte auch noch ein paar Hagelkörner ab (eine Frau darf ja alle möglichen Unverschämtheiten sagen, weil sie weiß, daß Männer jene „Weibchenbeißhemmung" haben und nicht mit gleicher Unverschämtheit antworten), und ich kann immer noch nicht darüber lachen, sondern kaue immer noch an solchen Sätzen: „es sei jedermann unverständlich, warum eine Literaturwissenschaftlerin von Rang sich mit einer Person beschäftigt, von der nichts zu erwarten ist", solchen und ärgeren, und wenn ich Dir davon erzähle, ist es nicht als Petzen gemeint, Du verstehst schon. Es fällt mir eben schwer, mit dieser Sorte Bangigkeit fertig zu werden ... und was bei dem Gestrampel herauskommt, sind vier Seiten Einleitung.

Hoffentlich hört das sibirische Getue da draußen bald auf. Ich würde mich sehr freuen, wenn ihr nächstens das Land bereisen und in der Gartenstraße einkehren würdet. Zum Schluß noch eine Empfehlung, falls Dir das Buch bis jetzt entgangen ist. Lies Neutras „Gestaltete Umwelt"; was er schreibt, berührt Fragen und Gedanken in Deinem Aufsatz und geht Schriftsteller nicht weniger an als die Architekten. Bleib gesund, grüß den Gerd und sei herzlich gegrüßt von

Deiner Brigitte

11 An Christa Wolf

Nbg., 21. 2. 69

Liebe Christa,

verzeih, daß ich Dich behellige – es ist nur: mir tut es jetzt schrecklich leid, daß ich so auf die Annemarie geschimpft habe. Gestern erzählte mir Dr. Ebert, daß sie schlimm krank ist – Krebs, Du weißt es vermutlich auch schon. Das ist mir so nahegegangen, daß ich heut nacht kaum schlafen konnte.

Sicher, so eine unselige Sache ändert auch nachträglich nichts an bösen Sätzen und ihren Folgen (für mich, in diesem Fall), trotzdem komme ich mir jetzt unfair vor, als hätte ich einem, der am Boden liegt, noch einen Fußtritt versetzt. Dieses Bedauern über Zorn auf A. A. klingt zwar fatal nach jenem „nihil nisi bene" – aber es ist nun mal da. Sag mal, wär es unpassend, wenn ich ihr ein paar Zeilen schreibe? Nicht als Mitleidskundgebung (obgleich viele, die sich Trost und Mitleid verbitten, im Inneren wünschen, daß ihnen jemand übers Haar streicht) – sondern, nun – gewissermaßen als munterer und lebendiger Beweis für Chancen, damit fertig zu werden, und auch, weil sie sowieso nur das Gefühl hatte, nicht mehr „im Rennen" zu sein (daher auch solche giftigen Ausfälle), und jetzt wird sie sich vielleicht vollends vorkommen wie beiseite geworfen. Ach, ich weiß nicht ... ich bin bekümmert.

Herzlich
Deine Brigitte

12 An Brigitte Reimann

[Kleinmachnow,] 23. 2. 69

Liebe Brigitte,

da Du mich fragst – ja, schreib der Annemarie Auer doch ruhig ein paar Zeilen. Ich wußte, daß sie operiert wurde, hatte aber keine Ahnung, was los war. Es tut mir sehr leid. Sie ist ein eigenartiger Mensch, ich sag Dir ehrlich, allzu lange halte ich es in ihrer Nähe nicht aus, sie hat etwas Rechthaberisches und Drückendes, Minderwertigkeitskomplexe Erzeugendes, dabei ist sie ja fraglos sehr gescheit. Ich glaube, sie leidet sehr unter den Verzögerungen, die ihr Berufsgang einfach dadurch, daß sie eben zu ihrer Generation gehört und zusätzlich durch ihre Bindung an Zak – die also ihr Berufsgang zu erleiden hatte. Tatsächlich fühlt sie sich nicht ihrem Talent und ihrem Können entsprechend eingesetzt, hat sich zeitweilig direkt verfolgt gefühlt, sie schrieb und sprach mir mal davon. Natürlich – Geltungsbedürfnis ist auch da, aber wo wäre das nicht? Kurz und gut – seit einiger Zeit empfinde ich bei sehr, sehr seltenen und nie gesuchten Begegnungen eine Mischung von Mitleid und Fluchtbedürfnis. – Jedenfalls schrieb sie mir im vorigen Jahr, als ich selbst im Krankenhaus war, einen netten Brief mit einem Gorki-Zitat, das sie gerade aus irgendeinem Aufsatz aufgesammelt hatte und mit Recht für mir wohltätig hielt. Ich schreib Dir's mal auf, möglicherweise gibt's Dir auch Stoff zum Nachdenken, außerdem sieht man, daß Annemarie Auer sich zuzeiten doch in Menschen einfühlen kann, was in Deinem Fall offensichtlich auf fast unglaubliche Weise daneben ging.

Also Gorki schreibt 1926 an S. Grigorjew:

„Ich glaube, nicht erst in hundert Jahren, sondern viel früher, wird das Leben unvergleichlich tragischer sein als das, was uns jetzt quält. Und zwar deshalb, weil die Menschen, wie immer nach sozialen Katastrophen, müde der beleidigenden Anstöße von außen, verpflichtet und gezwungen sein werden, in ihre innere Welt zu sehen, und, wieder einmal, über Ziel und Sinn ihrer Existenz nachzudenken. Solche Leute werden in unvorstellbar größerer Zahl geboren werden, als es sie heute auf der Welt gibt. Ich glaube, schon jetzt wird im Menschen ein neuer Instinkt geboren – der ‚Erkenntnisinstinkt'."

Wir sind gerade gestern von einem Winterurlaub zurückgekommen, bei dem ich Gelegenheit hatte, mehrere Beobachtungen zu machen: Erstens, daß ich auf Skiern ein elender Angsthase geworden bin (je älter ich werde, desto ängstlicher in jeder Hinsicht!), zweitens, daß es in der DDR keine glücklicheren und zufriedeneren Menschen gibt als die halbstaatlichen Fabrikanten und deren Söhne und Töchter, drittens, daß in und um Berlin herum ein anderer Menschenschlag wohnt als jenseits der Oberhofer Höh'. Und viertens, daß Schreiben nun mal aus irgendeiner Form von Unbefriedigtsein kommt. Gesättigte, zufriedene Menschen schreiben und lesen nicht.

Na – das ist eine Kürzestfassung von Erfahrungen, von der Du gar nichts hast. Aber eins will ich doch noch schnell sagen – ich hab heute wenig Zeit –: Falls irgendeiner glaubt, ich sei „resigniert", ist das wirklich ein Irrtum. So waren auch die vielleicht klagenden Untertöne in meinem Brief nicht gemeint. Ich hab dagegen anzukämpfen gehabt, das geb ich Dir zu, wider bessere Einsicht: weil Resignation ein Synonym für „Ruhe" sein kann und ich eine Zeit hatte, da ich aus Selbsterhaltungstrieb alles probieren mußte, das nur ein bißchen Ruhe versprach. Mir ging's nicht besonders, jeder schiefe Blick eines Straßenbahnschaffners war eine Katastrophe für einen Nachmittag. Ohne Haut leben – ich hab's vorher nicht gekannt, es ist fatal. Aber nun vorbei, ich glaube sogar, endgültig, weil ich mir über Ursachen und Gründe, wie man so schön sagt, klargeworden bin. Wenn ich schreibe – auch in jener Zeit –, so ist es immer das Gegenteil von Resignation. Auch die „Christa T." ist zwar traurig, aber wirklich und wahrhaftig das Gegenteil von resigniert. Auflehnung gegen den Tod, Versuch, ihm möglichst viel von der Person, die er geholt hat, wieder zu entreißen – was könnte unresignativer sein?

Im übrigen lebe ich sehr gerne und, ich glaube, auf meine Weise sehr glücklich. Weiß auch, daß Leute mich gerne haben, daß ich da sogar bevorzugt bin – ohne Verdienst und Würdigkeit, aber das weiß nur ich. Also ist's undankbar, Mißtrauen gegen Leute zu äußern, und eigentlich richtete sich der Satz vom „Verlaß" auf den Briefpartner ja auch gar nicht gegen den Briefpartner – den kann man sich ja aussuchen –, sondern gegen die Briefzensur, die man sich nicht aussuchen kann.

Du – Deine Nachdenke-Arie über das Thema „Erfolg" ist eine beliebte Tastatur für mich. Wär mal drüber zu schreiben, wie? Übrigens laufen derlei Vorgänge heutzutage halt noch ganz genauso ab wie vor zweihundert und mehr Jahren. In Restaurationszeiten fällt der Erfolg ganz bestimmten Menschentypen zu, und sie gebrauchen ihn auf ganz bestimmte Weise zu ganz bestimmten Zwecken.

Kennst Du die Günderode? Mit ihr beschäftige ich mich ein bißchen, dabei mit dem Umkreis der Romantik-Weiber. Gar nicht uninteressant, kann ich Dir sagen. Warum richtest Du, die sich selbst andauernd „Backfisch" schimpft, Dich nicht an so einer Bettina und ähnlichen Geschöpfen auf? Und ist Dir nicht klar, daß die Pubertätszeit bei allen schöpferischen Menschen verlängert ist und eigentlich ihr ganzes Leben lang dauert, daß eben gerade in diesem Nicht-fertig-Werden der Stachel liegt, der für Produktion gebraucht wird? Ausnutzen muß man's, nicht sich dessen genieren. Mut dazu haben, dazu stehen, es für so wertvoll nehmen, wie es ist. Natürlich: Ein bißchen vereinsamt es auch, aber nur so viel, wie zur Arbeit nötig ist.

Na, lach mich nicht aus. Deine Geheimtelefonnummer ist notiert, wenn das Wetter es will, kommen wir vielleicht schon nächstes Wochenende in Eure Gegend. Inzwischen wird Monsieur K. wohl seine „Große Heimreise“ gehabt haben? Weißt Du, daß eine mir sehr liebe Prager Freundin von ihrem Freund auch immer „lieber Herr“ sagt? Es hat mich ganz eigenartig berührt in Deinem Brief.

Ich muß jetzt eine Buttercremetorte für meine ältere Tochter fertigmachen.

Ach – Du wolltest noch einen Wunsch von mir wissen für Schmidts. Ich finde sie so nett, mir was schenken zu wollen, ich kenn sie noch gar nicht! – Augenblicklich suche ich Literatur aus dem Umkreis von Klassik und Romantik, vor allem Biographien und Selbstbiographien von Frauen. Aber in Hoyerswerda gibt es ja nun ganz bestimmt kein Antiquariat. Ich freu mich auch über kleinwinzige Frauenporträts, zum Beispiel einen Kupferstich mit irgendeiner Dame drauf. Auch eine Schallplatte mit Bach könnte mir Spaß machen.

So – aber weiter will ich nun nicht gehen, am besten wär's, Du könntest den Schmidts sagen, ich sei ihrer Zuneigung auch so versichert.

Grüß Dich herzlich, ich hoffe, Du steckst nicht mehr mitten im Schnee und hast jeden Tag Deine Brötchen holen können, wünsch Dir Fortschritte mit Deiner Franziska, die Du ruhig so machen solltest, wie Du denkst …

Deine Christa

13 An Christa Wolf

Neubrandenburg, 13. 3. 69

Liebe Christa,

nur ein paar Zeilen, in Eile, denn ich muß noch rasch die Bogen für ein Bändchen Erzählungen korrigieren (alte, leider, die vom Verlag mehr aus caritativen Gründen noch mal rausgebracht werden), außerdem toben noch die Festtage des sozialistischen Frühlings, ich hatte in den letzten zwei Wochen eine ganze Anzahl Lesungen (heute ist die letzte), was sehr anstrengend war, aber auch lustig, vor allem draußen, in entlegenen Dörfern, wo die Leute sehr nett, unbefangen, redselig sind, erstaunlich viel lesen – in manchen Dörfern von etwa 700 Seelen sind mehr als 350 Leute ständige Leser in der Bibliothek –, Geschichten erzählen, eine für diesen Landstrich zu dünne Person mit Unmassen von Kuchen vollstopfen, und wo es Lehrerinnen gibt, die an Frauen in russischen Filmen erinnern, „Erziehung der Gefühle" zum Beispiel. Dann die nächtlichen Fahrten zwischen Feldern, die unterm Mond ebenfalls etwas Russisches haben, weite Ebenen ... unwillkürlich horcht man, ob nicht irgendwo Wölfe heulen. Die Margarete Neumann hat in ihrem Wald merkwürdige Spuren entdeckt, die bedenklich an Wolfsfährten erinnern.

Schönen Dank für Deinen Hinweis, den ich den Schmidts inzwischen signalisiert habe. Bei der Gelegenheit fiel mir ein, daß ich vor langer Zeit mal die Memoiren der Karoline Bauer gelesen habe, und da Du Frauen der Romantik sammelst, habe ich mir das Buch noch einmal geliehen. Mein lieber Onkel, Büchernarr, Geiger aus Passion, konnte sich leider nicht entschließen, mir das Buch zu vermachen – wegen der Stellen, die sich auf Paganini beziehen. Jedenfalls kannst Du es aber haben, so lange Du magst, d.h. falls es Dich interessiert und die Lektüre lohnt. Die Hofschauspielerin Bauer schreibt zwar viel – vermutlich zwecks Verteidigung – über ihre Liaison mit einem langweiligen Prinzen von Koburg, aber auch eine Menge über den Salon Varnhagen, über die Henriette Sontag, über Iffland, Devrient ... also kannst Du wahrscheinlich doch einiges für Dich herausfischen.

Ich schicke Dir das Buch nächste Woche, falls Du nicht zum Wochenende in unser Städtchen kommst, in dem es jetzt freilich nicht freundlich aussieht: immer noch Kälte, schmutziger Schnee und hungrige Krähenbiester. Alles Gute für Dich.

Mit herzlichen Grüßen
Deine Brigitte

Die Buchhandlung hat noch eine Bestellung für die „Christa T." angenommen; vielleicht – ich hoffe es – ist das ein gutes Zeichen, und das Buch kommt bald und in höherer Auflage.

14 An Brigitte Reimann

[Kleinmachnow,] 15. März 69

Liebe Brigitte –

hier ist nun dieses Unglücksbuch. Es kann weder so gut noch so schlecht sein, wie man nach dem Krawall darum erwarten könnte. Lies es mit Nachsicht – für mich ist es zwei Jahre alt.

Ich freu mich über Deine Lesungserfahrungen in den quasi russischen Dörfern. Ich war sehr darauf aus, bald mal in Deine Nähe und auch zu Dir zu kommen, aber wir trauten uns nicht bei dem wieder aufgekommenen Winter, der einem wahrhaftig auf die Nerven geht. Montag (17.) fahr ich für 10 Tage nach Schweden zum DDR-Kulturzentrum. Lesungen halten. Also erst Ende des Monats kann es mit einem Besuch was werden.

Du – die Karoline Bauer schick mir nicht, ich besitze sie sogar. Ja, sie ist lustig. Die Schmidts und ihre Freunde haben mir Bachs „Kunst der Fuge" geschenkt mit einem so herzlichen Kollektivglückwunsch dazu, daß ich ganz hilflos bin. Was gibt's doch für freundliche Menschen!

Ich plage mich sehr beim Schreiben, mit einer Geschichte, die mir höchst zweifelhaft ist, sie steckt mir aber schon seit zwei Jahren quer im Hals. Schweden ist eine willkommen-unwillkommene Ausflucht.

Ich grüße Dich herzlich,
Deine Christa

15 An Christa Wolf

Neubrandenbg., 19. 3. [69]

Liebe Christa,

Du hast mir Dein Buch geschickt. Das ist wunderbar und ganz unerwartet, und ich habe bald geheult vor Freude: weil das Buch da ist, leibhaftig und nicht mehr heimlich aus der Welt zu schnipsen, und weil ich es habe, von Dir. Ich lese und lese, schrecklich aufgeregt, was Du vielleicht verwunderlich und übertrieben findest, weil es für Dich nicht mehr so unmittelbar Gegenwart und Neuigkeit ist. Möglich, Du hast es sogar satt – nach 2 Jahren des Beredens und Zerredens. Jetzt, bei Seite 102, habe ich erst mal aufhören müssen, weil da eine Szene auf mich zukommt, die ich kenne, vielmehr kennen könnte, wäre ich ihr nicht – wegen Selbstschutz – ausgewichen. Wie stark einen das alles angeht! Weil ich Dir noch nicht davon schreiben kann, habe ich eben dem Reiner geschrieben. Um mit jemandem zu teilen – nicht irgend jemandem, sondern so einem Reiner. Und Dank und Daumendrücken für Schweden und tausend gute Wünsche.

Herzlich
Deine Brigitte

16 An Christa Wolf

Nbg., 9. 4. [69]

Liebe Christa,

ich wollte Dir nur noch mal sagen, wie sehr ich mich über Euren Besuch gefreut habe (Folge: tagelange Debatten mit meinem lieben Herrn – über Wirkung, Verzicht auf Wirkung, mögliche oder notwendige Zugeständnisse und so fort ...). Dankbar und ungern schicke ich Dir den Essay zurück. Vielleicht, ich hoffe es, wird man ihn irgendwann gedruckt wiederbekommen.

Und der Theodorakis – nun ja, hör ihn Dir an. Am liebsten mag ich den „Schwarzen Weg“ und die „Zorbas“-Musik. Schade, daß das Wort volkstümlich so verhunzt ist. Dann lieber Pop. Also Pop ist schön, find ich.

Mit herzlichen Grüßen (auch für Gerd und die Kinder)

Deine Brigitte

17 An Brigitte Reimann

[Kleinmachnow,] 18. 4. [69]

Liebe Brigitte –

geh zur Vorstandssitzung, denk, Dich da zu treffen, warst zu Deinem Glück nicht da. Langeweile und Unsinn, ging auch mittags weg.

Abends fand ich Deine Karte und die Platte, die ich mir noch nicht anhören konnte: Ich dank Dir schön.

Also wann kommst Du uns besuchen? Anfang Mai, so zum Beispiel der 5. ff., wäre hervorragend, wenn die Wetterlage einigermaßen ist. Neulich konnten wir ja erst anfangen zu reden, einiges antippen, ich hab auch noch lange drüber nachgedacht. Hier könnten wir sowohl arbeiten als auch quatschen als auch, wenn wir wollen, uns aus dem Wege gehen. Ein ganzes richtiges Zimmer steht zu Deiner

Verfügung, und ein Sonnenplatz im Garten oder auf der Terrasse.

Schreib also oder ruf an. (Am 2. fahren wir zu den Schmidts nach Hoyerswerda.)

Inzwischen lese ich mit brennendem Interesse das von Dir geborgte Buch und schreibe es halb ab.

Grüß Dich sehr
Deine Christa

(Gysi äußerte vorgestern, mein Buch sei das einer Achtzigjährigen – abseits vom Strom ...)

18 An Christa Wolf

Nbg., 25. 4. [69]

Liebe Christa,

die Karte ist nur die Vorhut des Briefes, den ich jetzt unterbrechen muß, weil endlich die Sonne scheint und der Ruf der Wildnis (im Garten) ertönt, wenn auch nicht geradezu lockt. Zunächst nur dies: in der Woche nach dem 5. Mai kann ich nicht zu Dir kommen. Eine üppige Woche – und zu allem noch Herr de B. im Spiel, du lieber Gott. Aber darüber im Brief. Du, mach Dir nicht die Arbeit, aus dem K. abzuschreiben; das Buch läßt sich beschaffen, und bis Du es hast, kannst Du mein Exemplar behalten.

Herzlich
Deine Brigitte

19 An Christa Wolf

Neubrandenburg, 24. 4. 69

Liebe Christa,

ja, die letzte Vorstandssitzung habe ich geschwänzt, allerdings – um mein preußisches Gemüt zu beschwichtigen – mit gutem Vorwand: wir hatten ein FORUM im Wohnungsbaukombinat, freundliches Publikum, fünf Schriftsteller; eine Stunde lang zeigte auch McDiamid seinen (zarteren) Gerhart-Hauptmann-Kopf. Hinterher Besäufnis mit den Baubossen. Hinterher Kaffee bei mir und zum hundertsten Mal Erörterung meiner traurigen Lage als woman without man (nicht men: meine galanten Kollegen würden notfalls sozialistische Hilfe leisten), dann nächtlicher Polizeibesuch, aber bloß wegen eines falsch geparkten Autos, und davon war dann keine Rede mehr, als es zu schneien begann, unser Freund und Helfer abrüstete und bei uns blieb, kurz, es war lustig, bestimmt lustiger als in Berlin.

Die Bemerkung des kleinen Fauns ist hierorts auch schon bekanntgeworden, aber durchaus nicht beifällig aufgenommen – desto mehr die Entgegnung Kants. Der kleine Faun wird seinen faux pas noch manches Mal bedauern. Ich nehme an, seine sinnliche Natur hat ihm einen Streich gespielt, und sicher hat er mehr das „Achtzigjährig" als das „Seitab" betont. Aus etlichen Gesprächen weiß ich, daß er Dich nicht sexy findet, ich meine: daß er in Deiner Art zu schreiben das vermißt, was man in diesem modischen Wort so zusammenfaßt. Als damals unsere Geteiltes-Deutschland-Bücher erschienen, gab er mir den Vorzug deshalb, weil „die Reimann weiß, wie ein Mann riecht". Mein lieber Herr, der für Freud nichts übrig hat, fand es leider gar nicht spaßig und verbot mir schlankweg, einer Einladung G.s zu folgen. – Beunruhigender finde ich die Rezension von Haase, die unterderhand so einiges über das Verhältnis von Geist und Macht aussagt, die fatalen Möglichkeiten, die dem Geist verbleiben

(Deine List, mit der Du „kritischen Einwänden vorbeugst"), und beunruhigend ist, was ein Freund erzählte, der jetzt von seinen Studientagen in Berlin zurückkam: er bezeichnete die Reaktion seiner Kollegen geradezu als Hysterie. Gewissermaßen eine vorweggenommene Reaktion, denn viele von denen, die schockiert und auf Flüsterfrequenz fragten: Haben Sie schon gelesen – ?, die haben es noch gar nicht gelesen, sind aber schon präpariert darauf, Arges zu suchen und natürlich auch zu finden. Auch in unserem Corps habe ich den Eindruck gewonnen, daß man sich beschuldigt fühlt, mitschuldig gesprochen: Christa T. ist an der Gesellschaft gestorben, die Leukämie ist bloß ein Symbol. So etwa. Man muß deuten, deuteln, erklären, sich erklären ... Verzwickt.

27. 4.

Liebe Christa,

gestern habe ich Dir eine Karte geschickt, oder vorgestern, ist ja auch egal (war wegen GartenARBEIT), jedenfalls ist heute Sonntag, und ich habe eine Stinklaune. Nicht die übliche Sonntagsphobie: eine richtige handfeste Wut. Bentzien hat schon vor zwei Jahren gesagt, ich soll keine Zeitungen lesen, aber ich kann es nicht lassen und ärgere mich schwarz – über den Jens z.B., der nun auch anfängt, gewisse, manche, einige Kollegen in die Pfanne zu hauen, und über Neutschens Keulenhiebe, und über „Breschan" mit seinen gewagten Metaphern („nicht über den eigenen Nabel stolpern"). Ich könnte platzen. Schon diese Perfidie, das Wort Künstlerkreise in Gänsefüßchen zu setzen! Und die Briefbeschwerer – als ob wir nicht auch ernstere Sorgen hätten. Und wie geschickt der es fertigbringt – ökonomisch gewissermaßen –, in einem Satz gleich zwei Damen seines Verbandes eine Maulschelle zu geben. Und und und. Der Hans zankt mich am Telefon aus: Ich soll mich nicht immer wieder totwundern über Variationen auf ein Thema, das ich seit zehn Jahren kenne, kennen sollte. Und außerdem habe der Neutsch recht, sagte er mit verbitterndem Gleichmut, denn es sei tatsächlich unökonomisch, wenn ein Schriftsteller N. seine Kraft auf zwei Bücher verschwendet, die dann nicht ... die aber doch, wären, könnten, wenn N. sie rechtzeitig mit einem Kollektiv beraten hätte.

Herrje, was soll das erst beim Kongreß werden! Am letzten – an dem, meine ich, der sich Jahreskonferenz nannte – hast Du ja nicht teilgenommen, nicht wahr? Damals saß Neutsch stumm und versteinert, wie ein grollender Gigant, an seinem Tisch, und Noll strich einsam und mit stechendem Priesterblick herum, und Max Walter hing immerzu an irgendeinem einflußreichen Rockschoß, und mittags wurde in drei getrennten Gruppen gegessen (hohe, halbhohe und untere Ebene), aber das muß ja wohl so sein und ist Ordnung und von Gott gegeben.

Heimgekehrt und vom zuständigen Sender befragt, wußte ich gleich zu sagen, was mein „stärkster Eindruck vom Kongreß" war: als ich – collapshalber – mit einer hilfreichen Dame hinter der Bühne herumstolperte, sah ich die Regierung zwischen den Kulissen stehen und Bananen futtern ... Also, Neutsch hat recht, und ich werde mich in Zukunft in Gänsefüßchen setzen. Bananen oder Briefbeschwerer, das macht im Prinzip keinen Unterschied. Bloß, ich esse leidenschaftlich gern Bananen, während Abusch – so sah es aus – sie längst satt hat oder überhaupt nicht mag.

Was ich Dir auf der Karte nicht gesagt habe: daß ich sehr froh war über Deine Einladung, und daß es mich jammerte, weil gerade die Woche, die hervorragend wär, so vollgestopft ist mit Verpflichtungen, Pflichten, wenn auch nicht freudlosen Pflichten. (Das Wort kommt mir so ein, weil ich jetzt die „Deutschstunde" lese. Ein sehr gutes Buch, finde ich, bin allerdings, wenn man das so nennen kann, voreingenommen durch Liebe zur Malerei. Und wie der Lenz über die Nansen-Bilder schreibt! „Über die Freuden der Disziplin", das wäre doch ein Parallelthema, das sich anbietet.) Bis zum 5. ist mein lieber Herre hier, Gottseidank, und ich hoffe nur, inzwischen ist sein reizender Taschen-Computer kaputtgegangen. Montag oder Dienstag ist dann eine große Kulturschaffe IN VORBEREITUNG des Kongresses, bei der die Schriftsteller auf der Bühne sitzen, ihren von Schauspielern vorgetragenen Texten lauschen und später Fragen aus dem Publikum beantworten. Sakowski hat eine gute Truppe zusammengebracht, Karusseit und Krug und so, und da der zweite Teil der Veranstaltung im Theater-Café stattfindet, werde ich endlich den charmanten Tausendsassa kennenlernen. Nicht, daß Manne Krug es mit Dir aufnehmen könnte ... ich fühle mich wirklich verpflichtet, und, vor allem, ich bin entsetzlich abergläubisch. Alle die Leute, mit denen ich schon einmal, im vergangenen Jahr feiern sollte (Helmuts NP), und das Kleid war schon aus dem Schrank genommen, und genau an dem Abend, als die anderen – nun ja, da lag ich in dieser Klinik und heulte mir die Augen aus dem Kopf – – – – – Das war eine eingelegte Plärrpause. Dieses ekelhafte Selbstmitleid! Ich bin wieder völlig aus der Balance, seit so eine anonyme Gemeinheit in meinem Hals wächst und die Kehle zuschnürt. Und ich wage mich einfach nicht zum Arzt. Manchmal, wenn ich im Kalender blättere und versehentlich in einen Monat September oder Oktober gerate, wird mir eiskalt vor Schreck, weil ich wie nebenbei gedacht habe: wer weiß, ob diese Seiten noch beschrieben werden. Aber in meinem Buch quatsche ich gescheit vom Leben und von Luthers Apfelbäumchen. Na, genug davon. Was die Maiwoche noch bereithält: den Besuch von Herrn de Bruyn. Zwei Tage: eine Lesung im HKB, eine Diskussion im Kollegenkreis. Das habe ich mit List eingefädelt – statt dem Herrn tunlichst aus dem Wege zu gehen. Ach ja, das ist das bißchen Seiltanz, das man sich noch leistet (klingt wie von einer rüstigen Siebzigjährigen, was?). Meine stille Liebe, falls Du es noch nicht gemerkt hast, und durchaus nicht pikant, weil die eher lächerlichen Szenen – mit steifer Anredeformel, Gestotter, Verlegenheit, umkippenden Tassen und so – auf dem ernsten Hintergrund einer Möglichkeit spielen. Eine Dame, die uns auf der Jahreskonferenz beobachtet hat, ließ mir die unerbetene Warnung zukommen, B. habe IMMERZU Frauengeschichten von exquisiter Unmoral. Aber das ist mir schnuppe und überdies gar nicht vorstellbar: ein Wüstling kann nicht so überzeugend rot werden. Oder? Nun, wie immer, seit langem ist ausgemacht, daß ich für diese zwei Tage Hostessen-Dienst tue, ich werde ihm die Stadt zeigen, und er – schreibt er – wird so tun, als ob er sie noch nicht kennt, und abends wollen wir noch zusammensitzen „und schimpfen und von vergangenen oder besseren Zeiten schwärmen". Dies also das unschuldige Programm, und daran wollen wir uns auch halten.

Das Buch von K., ja, daraus habe ich damals ebenfalls ganze Kapitel abgeschrieben, ehe mein Bruder – von dem ich mich inzwischen milchstraßenweit entfernt habe – es mir schickte, und der Reiner hat dann auch Auszüge gemacht. Man will es einfach behalten. Wenn Du gerade keine Beziehung hast, könnte ich den Schmidt-Bruder (wir sind seit längerer Zeit stumme, d.h. brieflose Buch-Tausch-Partner) bitten, mir ein Exemplar zu schicken. Sag mir Bescheid, ja? Dich und Gerd und das Henselmann-Haus hoffe ich doch bald zu sehen, ein, zwei Tage, keinesfalls länger, weil ich außerhalb meines Territoriums ängstlicher als eine Feldmaus bin, zwei bis drei linke Hände und das Bedürfnis, mich nützlich zu machen, habe. Wirklich. Wenn ich bei meinem Maler-Freund zu Besuch war, nagelte er mich mit Blicken auf einem Sessel fest und trug sein Zwiebelmuster-Porzellan selber raus, obgleich er der faulste Bursche der Welt ist.

Ich wünsche Dir Freude am Gespräch mit den Schmidts und dem Freundeskreis. Und grüß die Lilo-Hermannowadroha, wenn Du dran vorbeikommst, und die Magistrale 45, erster Aufgang, 7. Stock, das erste Fenster links: hinter dem hat Herr K. mich jeden Sonntag mit einem Kilo Schokoladeneis und Schlagsahne gefüttert. Alles Gute für Gerd und die Kinder (die eher wie Deine kleinen Schwestern wirken), bleib gesund und sei ganz herzlich gegrüßt von

Deiner Brigitte

20 An Brigitte Reimann

1. Mai [69], 7 Uhr früh

Liebe Brigitte,

ich nehme mal schnell diesen schlechten Block, weil sich's so gut drauf schreibt.

Also nächste Woche wird's nichts, gut. Dann später, es kann durchaus im Mai sein, wir haben da noch keine Reisen weiter. Bloß, der Ökonomie halber solltest Du das Zu-uns-her-Kommen vielleicht mit einer Sowieso-Reise nach Berlin verbinden? Und gib Dir 'nen Stoß und gib zu den „höchstens zwei" Tagen „mindestens einen" dazu. Bei uns schmeißt keiner Meißener Porzellan um, und warum solltest ausgerechnet Du Dich unter freundlichen Blicken dazu ermuntert fühlen? Also.

Aber warum ich eigentlich schreibe: Wenn ich Dein Drumrumgerede, Dein abergläubisches, richtig verstanden habe (mit der „im Hals wachsenden anonymen Gemeinheit"): Du, mir im Halse wächst auch gerade so was, ich hatte schon blöde Schluck- und Atembeschwerden, im Augenblick ist es gerade besser: Aber natürlich ist das Struma, eine Schilddrüsenvergrößerung, die zum Beispiel – da es zwischen der rechten und linken Schilddrüse eine Verbindung gibt – sich als kleiner Knoten vor der Speiseröhre zeigen kann. Nun geh mal zum Internisten, laß Dir Grundumsatz machen, Blut abzapfen, Speiseröhre röntgen. Und wenn das Ding nicht schnell wächst und Dir die Luft wegnimmt, muß man gar nichts weiter machen. Und wer was mit der Schilddrüse zu tun kriegen soll, kriegt es meistens etwa in unserem Alter. Hör auf zu heulen, schalt, wenn's nur irgend geht, die Angst ab und geh zum Doktor, ja?

Also der Herr de Br. Sieh mal an. Er ist ja wirklich sehr nett (was ein blödes Wort ist: Ich hab ihn sehr gern) und, soweit ich unterrichtet bin, das Gegenteil von einem Wüstling. Zart, sehr verletzbar, worauf seine dauernden Magengeschwüre schließen lassen, so schüchtern, kann sich so freuen über Kleinigkeiten, und sein Buch ist gut. (Er ist, wie er selber sagt, ein „ziemlich unpolitischer Mensch" – der Glückliche.) Einer der wenigen von meinen Kollegen, mit denen ich über vieles reden kann, auch über Arbeitssachen – was ihm ja, wenn es ihn betrifft, sehr schwerfällt. Laß Dir mal von Blabbermühle erzählen. Voriges Jahr war er gerade am 20. August nachmittags bei mir auf der Datsche in Prieros, ein schöner Nachmittag ...

Ich glaube, er hat jetzt zum erstenmal ein richtiges Erfolgserlebnis und genießt das. Sag ihm doch, daß ich sauer werde, wenn er nach seiner Rückkehr aus Neubrandenburg nicht anruft.

Neutsch – naja. Bin nicht so überrascht, ein bißchen den Kopf schüttelt man schon. Aber das Kopfschütteln wird von Mal zu Mal kürzer. Die Truppe der Denunzianten formiert sich: Du hast recht, sie fühlen sich angegriffen und reagieren primitiv – beleidigt.

Übrigens mal ernst: Wenn ich meistens allein wäre, wie Du jetzt gerade, dann würde ich natürlich keine Zeitung lesen. Ich lese sie grundsätzlich nicht als erste. Gerd hat die Vorzensur und gibt wohldosierte Brocken ab. Manches verschweigt er, so lange, bis es nicht mehr radioaktiv ist. Vor zwei Jahren brach mir vor jeder Zeitung der Schweiß aus, von der Phobie ist was geblieben. Du hast doch Radio, nicht?

Meine Familie schläft noch. Tinka träumt vermutlich von Pferden, es ist 1. Mai, und ich bin früh aufgestanden, weil ich noch ein bißchen mit Mister Eulenspiegel zu tun haben will, eh ich brav, aber lustlos mit demonstrieren gehe. Eulenspiegel: das wird eine Filmkonzeption. Hätte nie gedacht, wie interessant der Bursche ist – sein kann –, vor die Zeit von 1500–1520 gestellt. Noch nicht und nicht mehr. Keine alten Lebensregeln gelten. Die Fassaden halten sich mühsam, gebärden sich besonders stabil kurz vorm Krachen. Und dazwischen der junge Mann, ein Vagant, der zuerst sogar versucht, wieder Fuß zu fassen in der normierten Wohlanständigkeit: Man läßt ihn nicht. Na gut, da zieht er herum, probiert alle Kostüme, findet die Maske der Narrheit sehr brauchbar, ist gekommen, „die Lüge aus dem Volk zu bringen", und macht das auf seine Weise. – Ulkig, nicht?

So, jetzt genug. Genieß mal die nächste Woche, ein bißchen Seiltanz stärkt Muskeln, Herz und Gemüt, und übt kolossal.

Und laß von Dir hören: Du mußt jetzt von Dir aus sagen, wann Du mal kommen kannst.

Grüß Dich herzlich
C.

21 An Christa Wolf

Nbg., 22. 5. [69]

Liebe Christa,

ich wollte Dir nur noch mal sagen – nicht Knigge halber –, daß ich Dir von Herzen dankbar bin für die Tage in K. Ihr seid eine wunderbare Familie. Und daß Du es fertigbringst, trotz aller Widrigkeiten, die Dich bedrängen, anderen Leuten so ein Gefühl von Frieden zu geben ... ich weiß nicht, wie ich es anders nennen soll als eben „Frieden".

Bleibt gesund und habt heitere Pfingsttage. Kommst Du zu „unserer letzten Vorstandssitzung" am Dienstag? (Klang wie eine Einladung zum Begräbnis.) Grüß Gerd und die Kinder und alle guten Leute und die Salomonssiegel (Freud: Kindheit, erste Liebe) und richte, wenn das pädagogisch vertretbar ist, einen Extra-Gruß Deiner süßen Tinka aus.

Ganz herzlich
Deine Brigitte
(und Monsieur K.)

22 An Brigitte Reimann

Klm., 15. 6. 69

Liebe Brigitte,

nur eine „kleine Anfrage": Wie geht es? Schweigst Du aus Wohlbefinden, oder aus Unwohlbefinden?

Ich befinde mich wohl.

Herzlich
C.

23 An Christa Wolf

Nbg., 15. 6. [69]

Liebe Christa,

falls Du noch im Lande weilst und dieser Tage in Berlin bist: ich habe Herrn de Bruyn die Gedichte von Reiner geschickt („Sensible Wege"), und er wollte sie dann Dir geben, da er irgendwann Deinen resp. Euren Besuch erwartete. Ich wollte Dich nur bitten, den Band, wenn Du ihn gelesen hast, an die Schmidts in Hoyerswerda zu schicken, denen er rechtens gehört. Er war an meine Adresse geschickt worden, und ich hatte ihn einfach okkupiert, aber mehr versehentlich – muß so eine Art Fehlleistung gewesen sein, weil ich in Gedanken so sehr mit dem Reiner und dem Kongreß und all dem beschäftigt war. (Die Schmidts wohnen in der Joseph-Haydn-Str. 4).

[...] Habt einen schönen Urlaub. Mit herzlichen Grüßen – und einen extra für die Reiterin –

Deine Brigitte

24 An Brigitte Reimann

19. 6. [69]

Liebe Brigitte,

besagtes Büchlein ist in meinen Händen, wird gelesen und dahin expediert, wo es hingehört. Wir sind noch eine Weile „im Lande", fahren am 18. Juli für gute 14 Tage an den Plattensee, vor- und nachher wahrscheinlich in unser Prieros-Exil.

[...]

Ich bin in guter Verfassung, aber Deine Nachricht ist sehr spartanisch in bezug auf Dich. Das finde ich ein bißchen verdächtig und würde gerne eine Zeile haben, die vielleicht lauten könnte: Ich arbeite und schlafe gut (möglichst ohne Schlafmittel) und sehe gelassen, daß die Welt so ist, wie sie ist. – Na schön, das sind schon drei Zeilen.

Grüß Dich herzlich
Deine Christa

25 An Christa Wolf

Neubrandenburg, 25. 6. 69

Liebe Christa,

ich freue mich, daß Du in guter Verfassung bist ... bist Du es wirklich? und mit der richtigen inneren Statik? und wie bringst Du das fertig? Allerdings, mit einem Buch, das in der Welt ist – was immer dann geschrien oder gehudelt wird –, und mit einer Familie und rundherum wohlgeratenen Töchtern, und mit dem Bewußtsein, *schreiben* zu können … Eine schlichte Erklärung, aber naheliegend für mich, weil mir diese drei Stützen fehlen. Ja, ich hatte Persönliches unterschlagen, weil die drei Zeilen etwa so heißen müßten: Ich arbeite nicht. Ich schlafe miserabel, trotz Schnaps und Schlaftabletten. Mir mißfällt diese Welt, aber ich bemühe mich, einzusehen und zuzugeben, daß nicht die Welt schuld hat an meinem Mißbehagen. Also Genöle und Genörgel. Wie Max Walter in seiner Laudatio für Reiner sagt: der nackte, vergnatzte Individualismus. Den Zwischensatz „bei aller Sensibilität aktionslüsterne" kann ich weglassen: bin nicht mal aktionslüstern, nicht mal lüstern aufs Schreiben, habe keine Lust mehr zu dem Buch (und der Verlag, beiläufig gesagt, auch nicht; sie drängen nicht mehr, daß ich endlich fertig werde). Inzwischen lasse ich mir Ausreden – zum Gebrauch für mich selbst – einfallen, z.B.: dieser Kongreß liegt mir noch im Magen, und dieser M. W. liegt mir im Magen. Schade, das ist eine nicht zu erzählende, vielleicht schreibbare, keinesfalls druckbare Geschichte … Wenn M. W. sich schon den „sensiblen Luxus leistet" (Zitat nach M. W., Brief an M. Walser), seine zertretene Seele zu beweinen – warum muß er das ausgerechnet an meiner mütterlichen Schulter tun? Nein, das war eine unfaire Bemerkung, denn – jetzt weiß ich nicht mehr, was ich nach dem „denn" schreiben wollte … vermutlich wollte ich ihn bedauern und die Umstände, das Schicksal oder Gottweißwas haftbar machen. Vor dreizehn Jahren war es eine Ganz Große Liebe. Trotzdem hätte ich ja nicht meine Schulter zur Verfügung stellen müssen, schon gar nicht herumtappen in dieser Scheinwelt mit ihren Götzen und Götzendienern und verdammten Reden und Glasperlenspielen.

„Im Magen liegen", das ist nicht bloß so eine Redensart. Tatsächlich habe ich mir eine häßliche Magengeschichte zugelegt, und das DING im Hals war der Vorposten. Das Übliche. Seele. Im Magen, ich bitte Dich, ist das nicht geradezu kränkend? Aber mein Doktor ist Marxist und ruft das Etwas bei einem anderen Namen, und er sagt, eine Operation ließe sich vermeiden, wenn – na, was schon? – wenn ich nicht mehr rauche, mich nicht aufrege und womöglich nicht arbeite.

Liebe Christa, heute scheint wieder die Sonne, gottlob; der Mohn beginnt zu blühen, und nun habe ich doch Lust, mal nach meinem Liebespaar zu schauen, das seit drei Wochen im Kino sitzt und ALBA REGIA sieht, Franziska heulend (die heult immer im Kino und wünscht, daß alle Geschichten gut ausgehen und Romeo und Julia sich doch noch kriegen) und er, ach, der kapiert einfach nichts, und wenn er jetzt ihre Hand nimmt, dann mehr aus Höflichkeit. Und heute erfahre ich, daß Herr K. demnächst – also bestimmt noch in diesem Jahr – sein Zimmer im Hochhaus bekommt. Trotzdem werden wir uns wohl nicht oft sehen: Im Herbst fängt er ein Studium an (Operationsforschung und Verwandtes), er will sich dann auch sein Gewi-Diplom holen – mit zehn Jahren Verspätung. Was für ein weiter Umweg! Immerhin, er hat über Pumpe und Hoyerswerda geführt, und anders wäre ich meinem lieben Herrn nicht begegnet. Neulich, nachts, stand ich draußen im Dunkeln und beobachtete ihn durchs Fenster. Er arbeitete an einem Programm – so ein in Symbole umgesetzter Bau-Ablauf ähnelt tatsächlich einem abstrakten Gemälde –, und er war völlig erledigt, dabei ganz stark konzentriert, sah beinahe so aus wie die Leute in Fernsehspielen, wenn sie den faustischen Moment des Suchens und Entdeckens darstellen – wir nennen das den „Schlüter-Effekt" und finden es zum Totlachen ... aber hier, vorm Fenster, war mir gar nicht zum Lachen zumute. Da sitzt er so hundsmager und mit eisgrauem Haar und schindet sich ab – warum? doch nicht aus purem Ehrgeiz oder wegen des unzulänglichen Gehaltes. Stell Dir vor: ein einziger Roboter, Mittelklasse, wird von hundertfünfzig, bei guter Organisation hundertzwanzig Leuten umsorgt und überwacht und bedient. Und – entschuldige, in diesem Zusammenhang klingt das Folgende einigermaßen unpassend – und nun erst die Viecher im KIM! Bullen, genau gesagt. Die werden mit der zartesten Aufmerksamkeit umhegt, und man bewahrt sie vor jeder geringsten Störung, die ihr körperliches und seelisches Wohlbefinden beeinträchtigen könnte. Eine Minute Verspätung beim Füttern, sogar das fremde Gesicht eines Besuchers irritiert diese sensiblen Tiere so stark, daß sie an so einem aufregenden Tag zweihundert bis achthundert Gramm weniger Fleisch ansetzen als geplant. Devisenbringendes Fleisch, versteht sich.

In den letzten Wochen habe ich wieder viel ins Tagebuch geschrieben (auch so ein Symptom, bedenklich), manchmal seitenlang über den Jasmin im Garten und über Bäume und einen gewissen Lichteinfall und den abendlichen Duft von Gras und dergleichen. Muß sich um eine Art Fluchtbewegung handeln. Auch die immer häufigeren Rückblenden in die Kindheit (im Buch, meine ich) – Kastanienbäume in einem Hof, zerbröckelnde Putten, der erste Abzählreim, den man auf der Straße gelernt hat, Erinnerung an längst verstorbene Leute, das erste Märchenbuch, die höchst verdächtigen Dinge, die sich in der alten Standuhr begeben, ein Weihnachtsabend in der Familie … Also, das ist einfach unmöglich, so kann man nicht produzieren, und für andere ist es ganz unwichtig.

Die närrische Liebe zum Wall kann noch eine Reaktion auf meine Reißbrett-Stadt Hoy sein. Jedenfalls wandere ich beinahe jeden Abend auf einem der drei Ringe um die Stadt – nicht allein, wegen der „Sitte“, wie der ABV sagt, wenn er unsittliches Treiben irgendwelcher Gangs oder Einzel-Lüstlinge meint –, und ich kann mich nicht satt sehen an diesen Toren und Mauern und Mammutbäumen. In den Gäßchen denke ich immer an die Galoschen des Glücks. Nicht, daß ich sie unbedingt anziehen würde – so beschaulich und zurücksehnenswert finde ich die Vergangenheit nun auch wieder nicht, wenn ich mir vorstelle, wie man anderen Leuten siedendes Pech auf den Kopf gegossen hat oder wie man in der Gasse zwischen zwei Toren von den Zöllnern gefilzt wurde. Und die Idee, den Wassergraben mit spitzen Pfählen zu bestücken, zeugt nicht von Gemüt. Und die romantischen Wiekhäuschen sind auch bloß „schön für die Vorübergehenden". Trotzdem. So ganz geheuer ist mir die Anziehung nicht, die der Wall (will heißen: das Vergangene) auf mich ausübt. Zum Glück ist mein Ritter oder vielmehr Page (altersmäßig) ein moderner Junge; für eine Weile erliegt er dem ganzen Zauber, aber dann muß er wieder Dummheiten treiben, die Tauben in den Fensterhöhlen aufscheuchen oder Zielschmeißen nach den Gittern im Gefängnisturm machen. Meistens bin ich richtig fröhlich, wenn wir zusammen herumziehen. Ich lache so gern, weißt Du, und das ist wohl der Grund, warum Herr K. den Pagen mit nachsichtigem Lächeln genehmigt hat. Er gehört in die Generation wie dieser schreckliche junge Ingenieur, über den wir mal gesprochen haben (der dachte, man kann alles für Geld kaufen), aber er ist eine freundlichere Spielart, gewissermaßen Hippie statt Beatnik, heult nicht herum, grübelt nicht (z.B. über den Sinn des Lebens und so), schwärmt für orangefarbene Hemden und Beat-Messen und kippt einfach aus den Schuhen, wenn er einen Ford-Mustang sieht. Er hat einen seriösen und ziemlich anstrengenden Beruf – Nachrichtensprecher beim Funkstudio – und macht ein Fernstudium (Journalistik), aber weder bei ihm noch bei seinen gleichaltrigen Freunden und Bekannten, die ebenfalls studieren, „um weiterzukommen", „um etwas zu erreichen" (was?), habe ich den Eindruck, daß sie sich aufregen oder grämen wegen irgend etwas, was nicht so ist, wie es sein sollte, oder daß sie das Bedürfnis haben, sich auf den argen Weg der Erkenntnis zu machen. Doch, in ihrem Beruf sind sie tüchtig bis clever ... Keine Anspruchshelden. Übrigens hätte ich Lust, dem Selbmann zu antworten; ich habe noch mal seine Auslassungen über die Anspruchsliteratur gelesen, die stimmen hinten und vorne nicht. Lange Debatten mit Hans, der S. etwa solche Fragen entgegenhalten würde: Aber was, bitte, wenn sich die Ansprüche dieser Leute an sich selbst mit den Ansprüchen der Gesellschaft an sie decken? Mehr eine rhetorische Frage, aber sie könnte das alte Schlachtroß doch wenigstens einen Moment stutzig machen.

– – – – – Eben bekomme ich einen Brief von den Schmidts, die erstens sehr glücklich sind, weil es Dir im Freundeskreis gefallen hat, und zweitens den Kolakowski besorgen werden (er soll schon unterwegs sein, und wenn er heil hier anlangt, kannst Du das Exemplar behalten) und drittens mir die „Sensiblen Wege" beschafft haben. Dafür tausche ich bei ihrem Bruder eine „Christa T." ein. Hätte ich bloß noch ein paar Bücher mehr gekauft, damals beim Kongreß. Man könnte einen schwunghaften Handel treiben. Dabei fällt mir ein, daß die Erika Alex – die Malerin, Du weißt schon – geschrieben hat und natürlich auch nach der „Christa T.", vor allem aber gefragt hat, ob Du nicht irgendwann zu ihr ins Atelier kommen könntest oder möchtest. Vielleicht läßt es sich mal einrichten, wenn ihr aus Ungarn zurückgekommen seid? Hoffentlich hat sie noch die Glasbilder mit der persiflierten Urteil-des-Paris-Geschichte da.

Bitte, entschuldige, daß ich Dir das Buch von der Beauvoir noch nicht wiedergegeben habe. Das hat sich der Hans jetzt unter den Nagel gerissen. Schade, daß die Darstellung vom Auseinanderfallen der Front der Linken so verpliesert wird durch die Liebesgeschichte, die stellenweise – jedenfalls für meinen Geschmack – nahezu peinlich ist. Hat sie nicht für den Algren, oder über ihr Drama mit ihm, ein Buch geschrieben, „Sie kam und blieb"? Ich habe mal so was im „Spiegel" gelesen, d.h. Algrens unritterlichen Kommentar dazu.

Nun, genug. Die drei Zeilen haben gar zu üppig gewuchert. Kein Wunder, daß ich mit dem Roman nicht fertig werde; der besteht auch bloß aus Abschweifungen. Laßt es Euch wohl ergehen; ich wünsche Dir und Gerd und Annette und TINKA heitere und erholsame Ferien.

Sei ganz herzlich gegrüßt von

Deiner Brigitte

26 An Brigitte Reimann

Kleinmachnow, 10. 7. 69

Liebe Brigitte,

ich hoffe, Du bist wieder im Schreiben. Es ist das einzige, was einen retten kann, hör nicht auf damit, schreib über alle Anwandlungen und Zweifel drüberweg.

Du unterstellst mir das Bewußtsein, schreiben zu können. Gerade das ist mir nun eben abhanden gekommen. Eine Sache ist mir ganz und gar mißlungen – und zwar von Grund auf, von der Anlage her –, an die ich sehr viel Zeit und Kraft und Gedanken gewendet hatte. In solche Phasen bricht dann natürlich alles andere, was ich mir wochenlang, eben durch Schreiben, vom Halse gehalten hatte, mit Wucht wieder ein. Darauf reagiert dann mein Herz, mein Kopf mit Migräne, mein ganzes Nervensystem mit Schlaflosigkeit. Es ist nur, weil ich Dir nichts vormachen will. Übrigens bleiben die anderen Faktoren, mit denen Du Dir meine gute Verfassung zu erklären suchst, in Kraft. Ich brauche allerdings Urlaub, der zwar keine Ruhe bringen wird (die ich gerade nötig hätte), weil wir mit Bruderfamilie und kleinen Kindern an den Plattensee fahren. Bei mir ist es so: Ich muß einfach abwarten. Irgendwann wache ich auf und habe das Gefühl, ich würde vielleicht doch noch was zustande bringen, was nicht absoluter Mist ist.

Den Kongreß muß man wirklich innerlich hinter sich lassen. Es war eine schlimme, tief beschämende Sache – aber auch eine befreiende, klärende: Damit hat man nichts zu tun. M. W. Sch. ist ein bedauerlicher Fall – aber keiner, der einem im Magen liegen soll. (Auch kein Gegenstand für eine große Liebe – für Dich.) Tatsächlich: Zieh Deine Schulter das nächste Mal weg. Es hat keinen Sinn, nach Berührungspunkten zu suchen – aus alter Anhänglichkeit, aus Sentimentalität –, wo keine mehr sind. Versuch doch ein bißchen kühler zu werden.

Übrigens finde ich diese Tagebuch-Perioden nicht so bedenklich, sondern eigentlich normal. Reservespeicher. Ich bin augenblicklich zu allem zu unruhig – eigentlich auch zum Briefeschreiben. Wenn ich Lust zum Tagebuch habe, ist eine gute Zeit. Jetzt habe ich das Gefühl, von allen Seiten zwickt und zerrt es an mir, und ich kann keinem gerecht werden. Ich müßte mich für ein Jahr in die Wüste verziehen.

Du, die Beauvoir ist nicht dringend. Du hast ja das falsche Buch mitgenommen – den Roman anstelle der Autobiographie.

Daß ich Dir den Kolak. so lange entziehe, tut mir leid – aber ich habe ihn immer noch nicht durch. Nichts macht man richtig zu Ende.

Hör mal, mit Deinem Magen. Also nun verkneif Dir mal pro Tag mindestens 10–20 Karo, ja? Sieh mal, das würden ja nicht mal die von Dir so beneideten Bullen im „KIM“ (was heißt das bloß?) aushalten. Also sei nett zu Dir und laß mal die schlimmsten Sünden gegen Dich selber weg. Auch Aufregungen – weißt Du nicht, daß sehr intelligente Menschen es lernen, über den Dingen zu stehen? Also!

Tinka läßt Dich sehr grüßen. Sie ist ein ausgesprochen

stinkend faules Ferienkind. Gestern abend (sie hört immer noch bis in die Nacht hinein auf ihrem „Sternchen“ unter der Bettdecke Hörspiele) hat sie eine Sendung über Parapsychologie gehört. Nun ist sie ganz erschüttert, vermutet überall Klopfgeister und Erscheinungen. Es kann doch wirklich sein, sagt sie, daß irgendwelche niederen Wesen sich durch Klopfen bemerkbar machen – nicht? Wie denn sonst?

Ach – die wird auch noch merken, daß die „niederen Wesen“ andere Möglichkeiten haben, sich bemerkbar zu machen …

Mit diesem ermunternden Zuruf lassen Sie mich schließen, Madame. Weißt Du, was ein guter Spruch ist. Det ignorieren wa einfach nich!

Herzlich
C.

27 An Brigitte Reimann

[Kleinmachnow, Sommer 1969]

Liebe Brigitte,

wir sind wieder da und ich möchte gern wissen, wie's Dir geht. Wir haben in Prieros unser ganzes Häuschen angestrichen, das ist uns ganz schön sauer geworden, dann hab ich 15 Seiten geschrieben für eine Anthologie über die Stunde der Befreiung, dann haben wir uns einen jungen Kater mitgebracht, der heißt Max und pinkelt manchmal woanders hin. Durchfall hat er auch, und was wir sonst mit ihm aufführen, ist unglaublich.

Wie mir ist, weiß ich nicht genau, jedenfalls gemischt.

Und was machst Du? Schreib mal kurz.

Ich grüß Dich herzlich
C.

28 An Brigitte Reimann

11. 9. 69

Liebe Brigitte,

ich telefoniere nicht gern, wenn's um ernstere Sachen geht, außerdem wollte ich Dir was von der Rahel Varnhagen aufschreiben, was ich seit einiger Zeit kenne und ziemlich richtig finde. Sie sagt:

„Ich bin überzeugt, daß es mit zum Erdenleben gehört, daß jeder in dem gekränkt werde, was ihm das Empfindlichste, das Unleidlichste ist: Wie er da herauskommt, ist das Wesentliche."

Damit könnte ich aufhören und Deiner eigenen Auslegung (oder auch Ablehnung) freien Raum lassen.

Nun ist ja, wenn wir überraschend gekränkt, enttäuscht, betrogen werden, immer auch Realitätsverkennung von unserer Seite daran schuld: mag sie noch so sympathisch, verständlich, liebenswert, vielleicht sogar edel gewesen sein – jedenfalls geht jeder Täuschung (fast) eine Selbsttäuschung voraus. Und selbst täuschen wir uns ja mit Vorliebe in Dingen des Gefühls, die uns am nächsten gehen; wir täuschen uns da manchmal fast mit Absicht, nicht? Wie man da herauskommt, ist das Wesentliche: Ob verbittert, knitterig, todtraurig, mißtrauisch – oder ob einfach ein bißchen nüchterner und reifer. Was allerdings eine schwere innere Arbeit ist. Wenn Du's schaffst, wirst Du es auch bei Deiner Schreiberei merken.

Ich freue mich, wenn wir uns nächste Woche sehen können, habe mir den 17. frei gehalten und erwarte Deinen Anruf.

Sehr herzlich
Christa

29 An Christa Wolf

Neubrandenburg, 3. 11. 69

Liebe Christa,

es regnet, es ist windig, auf dem Fensterbrett rascheln gelbe Blätter, und ich bin traurig – alles, wie es sich für den November schickt. Abends halte ich Dir lange Reden – Du weißt schon: diese Kopfkissen-Monologe –, aber mit dem Briefeschreiben will es nicht recht gehen, und für den Fall, daß ich heute auch wieder steckenbleibe, will ich Dir erst mal schönsten Dank sagen für die Seghers-Essays.

... Liebe Christa, seit zwei Tagen klemmt der Brief in der Maschine. Sinnlos, jetzt weiterzuschreiben; ich muß auf bessere Tage warten. Zum Glück liefern die Rückenschmerzen einen Vorwand, untätig herumzuliegen; d.h. ich lese, Canetti, Heines Briefe, Tschechow, Tennessee Williams (die Erzählungen) – das ist alles keine erheiternde Lektüre.

... Wieder drei Tage, aber ein guter war nicht dabei. Es ist schrecklich, in so einen zerbrochenen Körper eingesperrt zu sein. Bei jeder Bewegung könnte ich schreien vor Schmerz. Und das soll nun von Jahr zu Jahr schlimmer werden und schließlich in die Matratzengruft führen. Hübsche Aussichten. Herr K[...] hat sich jedenfalls zur rechten Zeit zurückgezogen: jetzt werde ich wirklich anstrengend, und weil ich das weiß, ziehe ich mich ebenfalls zurück, von Bekannten und den wenigen Freunden. Manchmal telefoniere ich noch mit Herrn K., wegen irgendwelcher Scheidungsfragen; das ist immer eine nahezu körperliche Anstrengung, wir sind heiter bis ausgelassen und reißen Witze – er über Familienglück und drei Kinder, die ihm abends die Pantoffeln bringen, und ich über die Freuden des Junggesellen-Lebens.

Am Donnerstag kommt Herr de Bruyn (abends hat er eine Lesung in N.). Was, um Himmels willen, war auf der letzten Vorstandssitzung los? Er schreibt, daß er seitdem nicht mehr schlafen kann. Mein Kollege S. hat irgendwelche

Initiativen ergriffen. Welche? Ich weiß von nichts. S. weilt zur Zeit in Leningrad. Übrigens wird es sich nicht um eine Eigeninitiative handeln ... Gott mit uns.

Leb wohl, liebe Christa. Glück und Erfolg für den jungen Mann Till. Grüß die Reiterin und die ganze Wolf-Familie und die Schlotterbecks (ich höre immer noch Ännes Stimme: „1929, lieber Mann!"), sei gesund und sei sehr herzlich gegrüßt von

Deiner Brigitte

Als ich den Brief noch einmal überlas, bekam ich einen Schreck, weil ich lächelte. ... So gut kennt man schon die Spielregeln – nicht mal eine Nacht lang hätten mich irgendwelche Initiativen um den Schlaf gebracht. Ein schlimmes Zeichen.

30 An Christa Wolf

Neubrandenburg, 17. 11. [69]

Liebe Christa,

gestern habe ich erfahren, was es mit den „Initiativen" von S. auf sich hat. Jetzt verstehe ich auch, warum man nicht mehr schlafen kann. Und ich hatte an so ein spontanes Lenin-Aufgebot gedacht ... Ach, das ist alles so niederträchtig! Und M. W. ist wirklich eine rückgratlose Molluske. So was leistet sich mal eine sentimentale Nacht, und dann stülpt es wieder den Talar über und – ach was, das lohnt ja nicht mal die Suche nach einem exquisiten Schimpfwort. Natürlich ist es blöd, im ersten Zorn eine Karte zu kritzeln, und Du weißt selbst, was Du tun mußt. Nur – ich bitte Dich, räum nicht kampflos das Feld, nicht, solange eine Chance da ist, daß unser erlauchtes Gremium auch nur eine Spur von Wirkungsmöglichkeit hat. Vielleicht ist es nicht bloß Don-Quichotterie, wenn mein lieber Freund Sch. beharrlich, notfalls listig, jeden Fußbreit Boden verteidigt. Und wenn es eine Abstimmung gibt, und wenn zehn, wenn nur fünf Gegenstimmen gezählt werden ... Zum ersten Mal seit langem wünschte ich wieder, ich hätte eine anständige Arbeit vorzuweisen, Du verstehst, damit die Stimme nicht bloß ein Flüstern ist.

Gruß an alle Wolfs – hoffentlich ist Tinka inzwischen wieder aus ihrer Kaminecke raus und wohlauf.

Herzlich
Deine Brigitte

31 An Brigitte Reimann

Klm., 19. 11. [69]

Liebe Brigitte,

Tinka ist aus der „Kaminecke" raus und reitet wieder, Gott sei Dank, unser Kater Maximilian liegt auf einem Stuhl zu meinen Füßen, schlafend, und zeigt durch seine Haltung (er schützt weder Bauch noch Kehle), daß er von niemandem sich eines Bösen versieht, Gerd hat ihn eben am Kopf gestreichelt und gesagt: Na Maxel, dir geht's vielleicht gut, du wirst nicht kritisiert, aber dafür schreibst du ja auch keine Bücher, wie wär's denn, mach uns doch mal ein Katzenbuch ...

Ich liege nämlich steif und fest mit Ischias im Bett, seit ich mich gestern unversehens bückte, um ein Röhrchen Vitaminpillen auf den Teewagen zu stellen. Da ereignete sich der berühmte Hexenschuß, ich lag lang am Boden und schrie, zum erstenmal seit Tagen laut lachend, um Hilfe.

Ich habe oft daran gedacht, Dir zu schreiben. Bloß fand ich, es sollte vielleicht ein bißchen was Lustiges sein, und ich hatte nicht gerade so recht was zur Hand. Du hättest Dich über Dein Rückenweh etwas genauer auslassen sollen. Was heißt hier: Schlimmer werden? Was heißt hier Matratzengruft? Verflucht noch mal, es gibt doch irgendwelche speziell ausgebildeten Medizinmänner. Also wirst Du Dich mal zu einem solchen hinbemühen. Wenn ich selber wieder bewegungsfähig bin, komme ich mit Auto und fahre Dich zu einem solchen. Dazu muß man vorher wissen, was los ist – von der Leiter fallen ist doch kein Grund –, und dann muß man seine guten Beziehungen spielen lassen und herausfinden, zu wem man geht. Und dann geht man dorthin, und anschließend in dieses Dir schon von uns empfohlene Mahlow, wo die Menschen freundlich sind und Besuch in der Nähe. – Ich werde also demnächst telefonieren, und zwar zuerst mit Dir. Von wegen Matratzengruft!

Ich hatte, wie in guter Vorahnung, schon den ganzen Oktober über Herzschmerzen, Schlafschwierigkeiten und die dümmsten Träume, hatte mir also die guten Valium besorgt, mit deren Hilfe ich jede Nacht ein paar Stunden schlafen kann. Die Vorstandssitzung kam also nicht wie ein Blitz aus heiterem Himmel, aber wie ein Blitz immerhin. Was ich nicht begreifen wollte, war die Gemeinheit. Mir nicht sagen, was los sein sollte, meine Entschuldigung an unzuständiger Stelle überprüfen und mein „böswilliges Fernbleiben" zur Stimmungsmache gegen mich zu benutzen. Ein Anruf vorher – und ich wäre dagewesen. – Ebenso die Sache mit den Erklärungen gegen die West-Kritiker. Zweimal von mir zugesagt, zweimal keinen Gebrauch davon gemacht, und jetzt, wo die Kampagne drüben abzuflauen beginnt, Empörung wecken mit West-Zeitungs-Zitaten vom Mai und Juni. Es kann kein gutes Zeichen für mich sein, daß so was mich noch treffen kann. Aber diesmal war ich wirklich fertig. Ich schrieb tagelang an einem Brief an das Sekretariat. Eine Präsidiumssitzung wird stattfinden. Ich war bei Otto G., um mal mit jemandem zu sprechen, der zwar ganz anderer Meinung ist als ich, aber wenigstens nicht aus Angst um seine eigene Haut sich dreht und wendet. Er hat mir eine Menge Unfreundliches gesagt, aber anständig. Leider kippte ich nach 1 1/2 Std. um, was mir in meinem Leben erst einmal passiert ist.

Nun werde ich also etwas zu den West-Kritiken über mein Buch schreiben.

Demnächst gehe ich mal zu einem guten Arzt, um nachsehen zu lassen, ob sich da organisch irgendwas ereignet hat. Ich glaube nicht.

Anstatt abgehärtet zu werden, wird man immer empfindlicher. Muß also mich ein wenig zurückhalten. G. war in den letzten Wochen ganz ratlos mit mir. Ich versteh dich nicht, du weißt doch, was los ist, da muß man seine Reaktionen doch steuern können.

Aber ich hab einfach nackte Angst, nicht mal, glaub ich oder red ich mir ein, bloß meinetwegen.

Heute nacht träumte ich ganz deutlich, wie bei einer Silvesterfeier Schlotterbeck in meinen Armen starb. Die Nacht davor war ich, zum erstenmal seit langem, mit meiner Freundin zusammen, eben mit dieser Christa T., in einem Mansardenzimmer eines Krankenhauses, wir wußten beide, daß sie sterben würde, sie ging dann weg, ich fand mit weißem Stift auf braunes Schokoladenpapier geschrieben eine Botschaft, die ich vergessen habe, bis auf den Schluß: Ich liebte mich, dich, die Welt … Ich hatte sie lange nicht so lebendig gesehen.

Ich bin jetzt im Elternbeirat von Tinkas Schule. Neulich haben sechs 10–12jährige Jungen einen elfjährigen an einen Baum gebunden und mit Stöcken und Peitschen blutig geschlagen, sein Fahrrad demoliert und über ihm aufgehängt. Unter diesen Jungen sind einige, deren Vater Offizier ist oder war, einer wird regelmäßig zu Hause bis aufs Blut geschlagen usw. Vielleicht kann ich der Sache noch etwas nachgehen. Das Lehrerkollegium der Schule kämpft um den Titel „Kollektiv der sozialistischen Arbeit“.

Man sagt mir, die Sicht, unter der ich in meinem Buch die Gegenwart sehe, sei unserer Republik schädlich, und wenn die Leser, mit denen ich diskutiere oder die mir schreiben, das nicht finden, seien es die falschen Leser oder eben von meiner überzeugenden Persönlichkeit verführt.

Ebensogut hätte ich Dir das alles nicht schreiben können, aber Du würdest Dir ja „Schonung" in diesem Sinne verbitten. Du mußt gesund werden und arbeiten. Du mußt.

Weißt Du, bei allem, was passiert – und was passiert mir schon: Lappalien –, bin ich mir dauernd scharf bewußt, daß ich ein glücklicher Mensch bin. Es trifft jeden das, was zu ihm paßt. Also muß in ihm auch das sein, um damit fertig zu werden. Bloß muß man natürlich krauchen können, und das mußt Du um Himmels willen bald erreichen.

Mein Eulenspiegel macht mir Spaß. Ich schreibe ja noch gar nicht, sondern lese unendliche Bücher über das 15./16. Jahrhundert. Tolle Zeit! Erasmus von Rotterdam stülpt mit seinen Kommentaren zur neuen Bibelübersetzung die ganze Heilige Kirche um, und dann widmet er das Ganze – seiner Heiligkeit, dem Papst Leo X. Der es huldvoll entgegennimmt.

Du, höre mal, arbeiten ist das einzige, was wichtig ist. Sei nicht so sehr traurig. Ich bin wieder übern Berg und ruf Dich bald an. Herr K. scherzt am Telefon? Und Du scherzest zurück?

Nun ja ...

Deine
Christa

32 An Brigitte Reimann

Klm., 14. 12. 69

Liebe Brigitte,

„Alle unsere Gestern" ist ein schöner Titel, nicht? Ich weiß nicht, ob dieses Buch eine Weihnachtslektüre ist, aber ich mag die Frau und will ihr 2. Buch auch lesen. Das erste hier erschienene war schön.

Ich denke oft an Dich – vor allem, ob Du was ißt, ob Du Dich nicht in Trübsinn verstrickst und solche praktischen Dinge. Ob Du vielleicht Geld brauchst? Dann sag's, eh Du am Hungertuche zu nagen beginnst, verstanden? Mach keine Sperenzchen (ich weiß auch nicht, was das ist).

Klingler hat noch nicht wieder angerufen, ob er von Deinem Doktor den Brief noch nicht hat? Aber er hat gesagt, er nimmt Dich im Januar – so oder so. Herr de Bruyn hat auch schon angekündigt, daß er Dich in Mahlow besuchen will. (Weißt Du übrigens, daß man ihn in seinem Berliner Haus, weil man seinen furchtbaren Namen nicht aussprechen kann, „Herr Gedebruhn" (G. de Bruyn) nennt? So nennen wir ihn jetzt auch, er ist ganz verzweifelt.)

Tinka ist, vom Laienstandpunkt aus, genesen. Morgen wird an ihrem kostbaren Blute noch ein Lebertest gemacht. Jetzt liegt sie mit dem Kater Max auf dem Bauch auf meiner Ottomane und liest. Leider frißt Kater Max unsere guten gelben Wolldecken, er scheint ein bißchen pervers zu sein. Tinka spielt Tag und Nacht mit Vater ein neu erworbenes Tisch-Fußballspiel, und wenn Vater zu viele Tore schießt und sich unverhohlen darüber freut, bricht sie in Tränen aus. – Annette hat uns heute zwanzig Halbstarke ins Haus gelockt und spielt ihnen – auf Platte – das „kleine Mahagonny" vor. Übrigens hat sie heute ihre Zulassung zum Psychologie-Studium gekriegt. Vater knabbert am Hölderlin. So hat jeder seins.

Ich hab auch meins. Morgen Aussprache im DSV-Präsidium, übermorgen im Kultur-Ministerium, weil mir alle Auslandsrechte für die „Christa T." gesperrt worden sind. Aber sprich bitte nicht drüber. Mit Arbeit war's in den letzten Wochen man mäßig, leider nimmt mich all der unnötige Kram innerlich sehr in Anspruch, man sollte allmählich freier sein.

Viel wichtiger ist: Wie geht es Dir? Bist Du einigermaßen schmerzfrei mit Deinem blöden Rücken? Und machst Du ein bißchen was von dem, was die Ärzte sagen? Liegen, und was essen, damit Du nicht vom Fleische fällst? Hast Du Weihnachten wirklich Deine Eltern da?

Du hör mal – mit Deinem Auto. Allmählich solltest Du vielleicht Deine Zurückhaltung ein bißchen fahrenlassen und Herrn K. wissen lassen, daß Du wirklich das Geld brauchst? So daß er ruhig mal mit dem Auto angefahren kommen könnte. Hast Du da jemanden, der ein bißchen was davon versteht und den Verkauf für Dich regelt?

Wir werden vor Weihnachten wohl doch nicht mehr da hochkommen können, scheuen auch ein wenig die ziemlich glatten Straßen. Doch wenn was Ernsthaftes anliegt, laß es mich wissen, hör zu, das ist ernst gemeint. Du kommst wieder auf die Beine, aber dies letzte Jahr schluckt man natürlich nicht einfach so runter, der Brocken war schon ein bißchen groß.

Tinka sagt, ich soll Dich grüßen, und sie kommt auch, wenn Du in Mahlow bist.

Ich wünsche Dir ein besseres 1970.

Deine Christa

33 An Brigitte Reimann

[Kleinmachnow,] 7. 1. 70

Liebe Brigitte,

anstelle eines Telegramms: Gestern mit Klingler telefoniert, er hatte Brief Deines Arztes, mokierte sich über 10 Tassen Kaffee täglich und 15–20 Zigaretten (wurde also alles verpetzt), ich verbürgte mich, daß Du dieses auch vorübergehend bleibenlassen kannst. Also Du bist innerhalb der nächsten zehn Tage fest in ein Einzelzimmer eingeplant (genauen Termin konnte er mir wegen Abwesenheit der Sekretärin nicht sagen) und wirst vom Krankenhaus benachrichtigt.

Voilà!

Grüß Dich herzlich bis dann!
Deine C.

34 An Brigitte Reimann

Stützerbach, [13. 2. 70]

Liebe Brigitte,

heute ist Freitag, der dreizehnte, und da schneit es bei uns pflichtgemäß den ganzen Tag, und die vorige Nacht sicherheitshalber auch gleich noch. Weiß man eigentlich bei Euch in der schlecht informierten Ebene, daß bei uns in den Bergen Dörfer durch die Schneemassen abgeschnitten sind, daß das Bähnle halbe und ganze Tage lang nicht fahren kann und die Leute früh beim Schneeschaufeln sich zurufen: Die Welt geht unter, aber die Menschen haben's ja nicht besser verdient!? Alle Einheimischen entsinnen sich eines solchen Schneefalls nicht seit dem Kriegsjahr 1941, und mein bescheidenes Gedächtnis hat so was überhaupt noch nicht gesehen. – Im übrigen danke Gott, daß ich Dich bloß nach Mahlow und nicht gleich nach Stützerbach geschafft habe: Dies hier ist eine Steigerungsform. Schrotbrötchen u. Schrotsuppe am Morgen, Knie-, Nacken-, Gesichts- und Armgüsse tagsüber und abends die Theorie dazu und Buntfilmuntermalung. Man ist wie auf einen anderen Stern gefallen. Was uns vorgestern noch wichtig war und worüber wir sprachen, interessiert hier keinen Menschen. Ganz lehrsam. – Leb wohl, ich muß mich jetzt zwei abgeknapste Stunden lang meinem Till zuwenden.

Grüß Dich!
C.

35 An Brigitte Reimann

[Kleinmachnow,] 10. 3. [70]

Liebe Brigitte,

ich weiß nicht, warum ich das Schreiben dem Telefonieren vorziehe – jedenfalls möchte ich Dich meines Zorns und meiner Mißbilligung schriftlich versichern, da Du Dich nicht rührst.

Ich bin gut gewässert seit zweit Tagen wieder zu Hause, fühl mich frisch und erholt, auch ein klein wenig schlänker, auf jeden Fall mit gewonnenem, mir sehr teurem Abstand zu „den Dingen", den ich mir, wenn's sein muß, durch autogenes Training erhalten will. Nichts hab ich dort getan, jetzt drängelt sich alles furchtbar.

Aber Du kannst ruhig mal einen Ton von Dir geben – denn wenn Du gar nichts sagst, bist Du ja meistens traurig.

[...]

Grüß Dich!
C.

36 An Christa Wolf

Nbg., 19. 3. [70]

Liebe Christa,

heute ist mein Brief zurückgekommen (als Beleg anbei); da verstehe ich freilich Deinen sanften Vorwurf. Inzwischen war ich in Buch und soll diesen Monat wieder zur Untersuchung – aber kein Krebs, das ist die Hauptsache. – [...] Ein Brief kommt später; jetzt kämpfe ich mich gerade durch ein neues Kapitel. Dieses Scheißbuch!

Alles Gute für Dich, liebe Christa. Grüß Deine Familie, Tinka Langbein voran.

Herzlich
Deine Brigitte

37 An Christa Wolf

Neubrandenburg, 25. 2. 70

Liebe Christa,

fünf Minuten vor der Abreise aus M. habe ich Deine Fortsetzungskarten noch bekommen. Hab schönen Dank! Hoffentlich fühlst Du Dich gut, trotz Schrot und Güssen und Buntfilm. An Schnee fürs Schilaufen – falls Du überhaupt Zeit zum Schilaufen hast – wird es ja wohl nicht fehlen; hier jedenfalls schneit es ausgiebig; wie erst in den Bergen! Sommer wird so merkwürdig unvorstellbar; gestern auf der Straße fiel mir ein, daß ich hier mal in einem Sommerfähnchen und Sandalen langgetrottet bin, und das kam mir vor, als wärs long long ago gewesen, etwa in der Kindheit.

[...]

In N. hat sich nichts Aufregendes ereignet. Meine Wohnung kam mir unglaublich bunt vor. In der Diele lagen hundert Briefe, Aufforderungen, Einladungen etc., aber die Hälfte hat sich durchs Liegenbleiben erledigt, die andere Hälfte habe ich mit Genugtuung in den Papierkorb befördert. Die pure Kraftmeierei, irgendeine blöde Demonstration. Aber tatsächlich hat Dr. Klingler mit seinem Institut und mit K 3 mild allerhand für meine Nerven getan. Freilich, die guten Vorsätze ... Zwar bürste ich mir jeden Tag die Zunge, rauche auch noch nicht, aber jeden Tag Mohrrüben und Äpfel – nein, das denn doch nicht. Am letzten Abend hat Dr. K. gesagt, daß er auf einem Röntgenbild so ein häßliches Früchtchen entdeckt hat, das in meinem Bauche wächst, und da habe ich doch ein bißchen geheult, aber mehr vor Wut ... als gäbe es wirklich eine Parze, die es ausgerechnet auf dich abgesehen hat und sich andauernd neue Gemeinheiten ausdenkt. Weißt Du, manchmal dieses Gefühl – oder das Bild für ein Gefühl –, wenn die Waggons auf die Rita zurollen, und sie empfindet: Die zielen genau auf mich.

Inzwischen habe ich mich in Buch angemeldet, und wenn eine Operation morgen oder nächste Woche nötig ist, dann lieber gleich morgen (schon, weil das Ding vermutlich für die Rückenschmerzen verantwortlich ist), und im Frühling bin ich wieder fit. Herrje, ich bin richtig frühlingssüchtig und beschreibe seitenlang einen taufeuchten Garten und einen Junihimmel und derlei Köstlichkeiten.

Werd gesund, Christa, und laß es Dir wohl ergehen [...]; grüß Gerd und Tinka Langbein (die habt ihr doch mitgenommen, oder?) und sei selbst ganz herzlich gegrüßt von

Deiner Brigitte

38 An Brigitte Reimann

Klm., 24. 3. 70

Liebe Brigitte,

wir wurden unterbrochen, nun sag ich Dir schnell schriftlich auf Wiedersehen.

Übrigens zeigte mir Gerd U. Voelkels Rede auf dem Kongreß (hat er nicht direkt gehalten, wurde im Protokoll gedruckt), danach bitt ich Dich sehr, ihn nicht für uns zu bemühen: Wir werden uns eben so umgucken.

Seit Stützerbach bin ich fast ununterbrochen in guter Stimmung – nein: glücklich, ich wußte gar nicht mehr, daß es das gibt und daß es so ist, weiß auch nicht, wie's eigentlich kommt. Nun wurde ich heute unterrichtet, daß mir sämtliche (West-)Auslandsverträge genehmigt sind, und jetzt fängt's an, mir unheimlich zu werden. Der Ring des Polykrates. Was wird in diesem Glücksball innen drinstecken? (Red nicht drüber, über die Rechte, mein ich.)

Wenn man bloß was gegen Deinen Rücken tun könnte! Zwar glaub ich nicht so recht an Wundertäterei, aber den Rügenmann solltest Du bald aufsuchen, es wird ja Frühling; die Straßen werden besser, sollte Helmut S. nicht beim Rat des Bezirkes ein Auto für Dich lockermachen können?

Mach's gut, schreib mal wieder!

C.

39 An Christa Wolf

[Neubrandenburg, Ende März 1970]

Liebe Christa!

Brigitte mußte am Freitag hier ins Krankenhaus (Neubrandenburg, Külzstr., Kreiskrankenhaus), sie hatte so starke Rückenschmerzen. Weil sie sich nicht aufsetzen kann, bittet sie mich, an Dich zu schreiben. Vorläufig weiß man noch nicht, ob sie eine längere Behandlung dort braucht oder rasch wieder herauskommt, sie ist gestern geröngt worden. Morgen wird sich mehr sagen lassen.

Du schreibst ihr, ja?

Herzliche Grüße!
Margarete Neumann.

40 An Brigitte Reimann

Klm., 1. 4. 70

Liebe Brigitte,

eben kam ein Brieflein von Margarete, Scheiße! Ich knirsche mit den Zähnen. Neulich sprach ich mit Klingler über Dich, der meinte, man müsse bei Deinem Rücken doch noch mal die „manuelle Therapie“ anwenden. Einrenken. Vielleicht schafft es einer?

Ich komm Dich voraussichtlich am Sonntag besuchen, wir machen einen Nord-Trip, erzähl Dir dann, warum. Ob Du vielleicht erwirken kannst, daß ich schon *vor* dem Essen, vielleicht zwischen 11 und 12 Uhr, bei Dir reinkomme? Mensch! Sieh zu, daß Du fertig wirst. (Ich warte auf ein Auto, es ist heller, kalter Vormittag, ich fahre nach dem nie gesehenen und gehörten Gartz an der Oder zu einer Lesung ...)

Gruß
Deine C.

Wenn ich Dir was Bestimmtes mitbringen soll, laß anrufen (2446).

41 An Christa Wolf

Berlin, 22. 4. [70]

Liebe Christa,

ich wollte Dir nur sagen, daß ich sehr, sehr froh war, weil Du gekommen bist. Und Dank für's Hühnerbein und den kalten Hund und die „Clique". Ein schreckliches Buch (vielmehr: ein schreckliches Land).

Heute bin ich zum erstenmal mit dieser Kobaltkanone beschossen worden. Es war ungefähr so gemütlich wie in einem Inquisitionskeller. Seit Montag habe ich ein Zimmer für mich allein (auf der VI, bei Prof. Gummel), damit ich arbeiten kann. Er ist ein guter Mensch, weißt Du.

Grüß Deine Familie, Tinka Fädchen-dünn voran.

Ganz herzlich
Deine Brigitte

42 An Brigitte Reimann

Winkel, d. 10. 5. 70

Liebe Brigitte,

heute sind wir in Winkel am Rhein, wo die arme Günderode sich mit 26 Jahren erdolcht hat, wir haben ihren Stein auf dem Friedhof gefunden. Was auf der Karte abgebildet ist, haben wir auch gesehen, bei einer Rheinfahrt von Neuwied nach Bingen. Sie spielten getragen die „Loreley", die Tränen kommen dir. Wir laufen auch bei Demonstrationen mit und diskutieren jede Nacht bis eins. Wenn wir zu Hause sind, erzähl ich Dir mal zwei Stunden lang. – Sei nicht traurig ...

Deine Christa und Gerd

(Heute fahren wir noch nach Stuttgart.)

43 An Christa Wolf

Stavenhagen, 11. 7. [70]

Liebe Christa,

Du warst neulich so fix verschwunden – doch wohl nicht wegen der Dame, die auf dem (für Dich reservierten) Stuhl saß? All die Zeit wollte ich Dir ein paar Zeilen schreiben, aber es ging einfach nicht, wegen Stimmung und Arbeit und allerlei Hudeleien. Jetzt sitze ich in einem unsäglich tristen Café, in dem es nach kaltem Rauch riecht (und demnächst vermutlich nach Schweinebauch und Sauerkraut), sehr gesund aussehende Leute reden Platt, und nebenan haben unsere Schriftsteller Verbandstagung. „Nebenan" besteht im wesentlichen aus einem monströsen Gründerzeit-Sofa und passendem Spiegel. Zu blöd, wie man so seine Zeit vertut. Zu unserem regen Verbandsleben gehört leider auch, daß wir nachher (wenn Helmut sein neues Stück vorgelesen hat) bei der Sekretärin Kaffee trinken und abends bei der Margarete Rosenbowle. [...] bei Margarete gibt's eine Menge Natur und kein Klosett, und in die Bowle schmeißt sie richtige rote Rosen. Es wird sicher sehr amüsant sein, ihr verrückter Sohn ist auch da, der Gert, den Max Walter gefeuert hat wegen – ach, ich weiß nicht, Moral oder Revisionismus oder etwas in der Preislage. Wenn man wenigstens wüßte, was der Gert und seine Freunde so schreiben. Aber sie verkünden bloß, daß sie ihre Werke in diesem Land nicht veröffentlichen werden, solange das ganze arrivierte Schreibervolk nicht abgetreten ist. Vielleicht gibt es da wirklich begabte Jungs; vielleicht spinnen sie bloß; jetzt leben sie von Vorschüssen auf die Zukunft, von Gelegenheitsarbeit und ihrem Zorn auf die fatale Gesellschaft. Finde ich alles ziemlich unernst und überhaupt anfechtbar, ich meine, was die Idee betrifft, diese Geschichten und Romane, die da angeblich geschrieben werden, zurückzuhalten für kommende bessere Zeiten (denn tatsächlich bieten sie den Verlagen nicht mal was an, riskieren nicht mal, rausgeschmissen zu werden).

Eigentlich wollte ich Dir was von mir erzählen, bloß so, weil es mich bedrückt und verwirrt. Aber das ist alles unterm Strich, und ich denke mir, daß Du nie dergleichen betrieben hast und in einer reineren Luft lebst und eine Familie hast und mit lauter klugen und anständigen Leuten umgehst und die anderen Sorten gar nicht erst an Dich heranläßt. Und ich gerate nur wieder (aus Neigung?) in die Gesellschaft von Verrückten und Schwulen und Barkeepern, und ein Glück, daß es hierzulande keine Stierkämpfer gibt, so käme ich mir vollends vor wie in einer Hemingway-Story. Zuerst war alles so schön, der Sommer und Blumen und Arbeit, und ich war so begeistert, weil ich wieder laufen kann, und auf einmal brach es zusammen, ich fing an zu trinken, erst allein, dann mit anderen. Keine Nacht mehr zu Hause, eine Menge idiotischer und überflüssiger Männergeschichten, und dazu die Schreiberei an einem überfälligen und (auch für mich) längst überholten Buch, an einer Liebesgeschichte von der Art „So war es noch nie" (also das Übliche, die übliche Illusion, der Anfang von etwas – und in Wirklichkeit ist nur schon Abschied drin). Dabei bin ich nicht mal sehr deprimiert; vorläufig habe ich ja noch eine Entschuldigung für dieses Sumpfen: der Pendelschlag nach der anderen Seite, der Überschwang nach dieser Askese. Von Herrn K. habe ich mich ganz befreit, er macht's mir leicht, benimmt sich wie ein Ganove, noch dazu ein mieser. Einfach kein Format. Und jetzt habe ich einen Geliebten (oder wie immer man das nennt), der viel zu gut für mich ist, so ein Pitschmann-Typ, aber nicht aristokratisch. Ein Mensch wie hautlos, weißt Du, dem man einfach nichts antun darf, ein Kind, ein Anbetender – ich komme mir schon vor wie ein Altarbild. Schrecklich. Ich hätte ihn sofort wegschicken sollen; jetzt fühle ich mich verantwortlich. Aber weißt Du, was wunderbar war? An einem Nachmittag haben wir auf dem Platz vorm Kulturhaus so einen blöden Kinderpropeller steigen lassen, und die Leute standen herum und sahen zu, und alle hatten gute Laune, und wir lachten die ganze Zeit, es war ein fabelhaftes Spiel, und ich fühlte mich auf einmal wie früher, weißt Du?, ohne Erfahrung und Zweifel und den ganzen Dreck, und ich wünschte nichts weiter, als diesen roten Propeller möglichst hoch schwirren zu lassen. Das ist eben mein Christoph (das auch), der kam mit dem Spielzeug an. Na, nun schwatze ich doch so ein Zeugs zusammen, und gleich werde ich sagen (auch wie früher): ich möchte ein guter Mensch werden.

Laß es Dir gutgehen, liebe Christa, grüß die Deinen, Max einbegriffen und Tinka voran.

Sehr herzlich
Deine Brigitte

44 An Brigitte Reimann

Komorowo, 16. 7. 70

Liebe Brigitte,

jetzt ist's 1/4 11 Uhr abends, ich sitze an einem uralten zerkratzten Schreibtisch in diesem „schöpferischen Schriftstellerheim", draußen ist's noch ganz hell, denn freundlicherweise haben sie noch „helle Nächte". Besonders schön sind sie in Leningrad an der Newa, da fragt man sich doch, ob die Stadt vielleicht schöner ist als Moskau, aber ich bin nun mal mehr an Moskau gewöhnt. Hier im Heim gibt's uralt-gemütliche Zimmer mit weißbezogenen Sesselgarnituren, auf dem Gang ellenlange rote Läufer mit grünem Rand, einen schwarzen Kater namens Boris, der zu den Mahlzeiten neben unserem Tisch lagert und von Tinka mit Fleisch und süßem Quark gefüttert wird, es gibt viele ältere, dickliche und gehbehinderte Leute, viel zu essen, besonders Buchweizengrütze zu Schnitzel und Sahne zu allen Gerichten, und es gibt ganz nahebei das Meer, das Grab von Anna Achmatowa und ein Stündchen mit dem Vorortzug entfernt Leningrad. Morgen werden wir also in die Eremitage pilgern. Tinka hat sich am letzten Abend vor unserer Abreise ihren Pony kurz und gerade abgeschnitten, nun sieht sie aus wie das Mädchen Rosemarie und bemüht sich, auch so aufzutreten. Sonst fühlt sie sich gar nicht wie im Ausland, die Wälder seien genau wie bei uns, und die Heidelbeeren schmecken genauso. Annette denkt an einen fernen Freund, der jetzt mit einer Nebenbuhlerin in Polen ist. Wir waren letzte Woche auf ihrem Abitur-Ball, der in einem großen Ausflugslokal in Werder vor sich ging und urkomisch war, mit vielen Liebespärchen und betrunkenen Lehrern, da merkte man auf einmal, wie man allmählich zur Matrone wird.

Ja, da hast Du schon recht (ich hab Deinen Brief noch kurz vor der Abreise bekommen): Ein so lockeres Leben wie Du könnt ich mir nicht erlauben, es würde auch nicht zu mir passen, es kommt also gar nicht auf mich zu, das ist überhaupt nicht mein Verdienst. Ich verurteile es bei anderen nicht, ich gucke bloß zu. Mir ist eben das zugefallen, eine Familie, mit der sich ganz gut leben läßt, und alles, was damit zusammenhängt an Vergnügen und Einschränkungen. Daß man mich für streng und über manches erhaben hält, weiß ich auch, es stimmt nicht ganz, ist manchmal lästig, manchmal nützlich. Von meinen Krisen laß ich möglichst wenig nach außen, nur, wenn's nicht mehr anders geht. Dafür schreibe ich eben.

Ich find's schön, daß Du einen Menschen hast, mit dem Du Propeller steigen läßt. Da könntest Du eigentlich aufhören zu trinken, nicht? Wahrscheinlich behindert es auf die Dauer doch die Arbeit. Mach mal Dein Buch fertig, das ist bestimmt nicht unnütz.

Siehst Du, da fall ich schon wieder in diesen gouvernantenhaften Ton. Nebenan spielt man Billard, ich höre die Bälle klicken. Gerd liest im Bett Friedenthals Goethe-Biographie, die sehr lustig ist, draußen wird gesungen. Dunkel ist es immer noch nicht, beileibe nicht, und die Pappeln rauschen. Mir ist komisch zumute, die ganze Zeit, ich denke, ich werde nie mehr schreiben können, alles ist wie unter einer Decke erstickt. Dafür leb ich ruhiger und schön saturiert, so wie man in Schriftstellerheimen eben ist. Die jungen Leute haben ganz recht, wenn sie uns aus dem Sattel heben wollen. Vögel hört man hier wenig.

Vielleicht bist Du noch zu Hause, wenn der Brief kommt, wir kommen am 29. zurück, laß mich wissen, wo Du dann bist.

C.

45 An Christa Wolf

Nbg., 17. 8. [70]

Liebe Christa,

wenigstens einen Gruß will ich Dir schicken, wenn schon der versprochene Brief nicht geschrieben werden kann: hier ist die Hölle los, und am liebsten würde ich wieder nach Buch flüchten. Drei Sorgenkinder (na, Kinder … erwachsene Leute, die mit dem Leben nicht fertig werden) stützen sich auf meine schwachen Schultern, und seit Tagen beschäftige ich mich nur noch damit, seelischen Trost zu spenden, Geld, Behausung, einen Arbeitsplatz zu beschaffen. Wahrscheinlich ist so was zuzeiten wirklich wichtiger als das Herumbohren in erfundenen Geschichten („Leben", „erfunden", das sind alles solche zweifelhaften Wörter und sollen hier auch nur aushilfsweise benutzt werden). Jedenfalls brauchte ich jetzt dringend eine Schulter; inzwischen heule ich ins Kopfkissen. Mitte der Woche bricht eine Invasion von Gästen herein; wenn ich die überstanden habe, schreibe ich Dir nach K. Hab noch ein paar schöne Tage in Prieros, grüß das Tinka-Mädchen und sei herzlich gegrüßt von

Deiner Brigitte

46 An Christa Wolf

Nbg., 30. 8. [70]

Liebe Christa,

wieder in einem Café, aber in einem heiteren, in dem der schöne Pole Jazz-Sax spielt, in den ich voriges Jahr verliebt war, bloß so, aus reinem Übermut (aber das war in einem anderen Land, und mein lieber Herre war noch nicht tot), und in heiterer Stimmung, wenn auch noch etwas zitternd, denn ich habe mich heute zum erstenmal allein hierhergewagt (immer noch diese bürgerlichen Schlacken!). Mein lieber Jürgen ist gestern nach Polen abgereist, und wir haben ein bißchen geheult – vier Wochen, eine schrecklich lange Zeit, und er wird mir fehlen wie eine Rippe. Wie komme ich auf Rippe? Muß irgendwas mit Erschaffung, Schöpfung, Geschöpfen zu tun haben – eine verständliche Assoziation, wenn Du meine Sorgenkinder kenntest, deren liebstes mir noch der Jürgen ist. Dem sanften Christoph bin ich entwischt, gottlob, und dank dieses kühnen Handstreichs auch meiner üblichen Sonntagsangst, die eine herbstliche Sonne heute noch zusätzlich angeheizt hätte. Ich fühl mich selbst schon ziemlich herbstlich, weißt Du, und erst recht, seit ich diese jugendlichen Liebhaber habe, deren charmante Unreife mich dauernd provoziert, erwachsen zu tun und eine Art von Großer-Freundin-bis-Ersatzmutter-Gehabe zu entfalten, das vermutlich später in zickiges Gouvernantentum auswachsen wird. Die haben alle einen Ödipus-Komplex oder eher den gegenteiligen Komplex, jedenfalls haben ihre Probleme etwas mit fehlender Mutterbindung zu tun – wobei „Mutter" in diesen Fällen für „Gesellschaft" steht und damit, in einem erweiterten Sinne, für „Leben". Kurzum, sie werden mit dem Leben nicht fertig, mit unserer als „intakt" angepriesenen Welt. Zwar habe ich in den letzten Wochen viel, vielleicht zuviel Zeit für die Sorgen anderer Leute aufgewendet, aber es ist mir nicht leid drum – die Erfahrungen und Geschichten aus einer nicht intakten Welt wiegen es auf.

Der Gert – der Sohn von der Margarete – hat sich inzwischen davongemacht, nachdem wir wochenlang an ihm herumgerettet haben – natürlich nicht auf diese parteifromme Art „zurück in den Schoß der Alleinseligmachenden", na, Du verstehst. Nächtelange Diskussionen, auch über „Hilfe" (für Gert ein Reizwort), dann praktische Hilfe, die allerdings dringend nötig war, denn er und seine Literaturbrüder haben außer ihrem Hochmut nichts – kein Geld, keine anständige Bleibe, keine Arbeit. Und die wollen sie auch nicht oder bloß so viel, daß sie wieder ein paar Wochen arroganter Gammelei finanzieren können. Zuletzt habe ich ihm eine Behausung und einen Arbeitsplatz, sogar nach Wunsch, als Kipperfahrer, [besorgt,] aber am Montagmorgen ist er losgezogen: nicht zum VEB Hochbau, sondern zurück nach Leipzig.

Verdammt, jetzt spielt der schöne Wladimir die Schiwago-Melodie für mich, wie voriges [Jahr] jeden Sonntag, und weißt Du, daß Herr K. auf dem Bau den Spitznamen Dr. Schiwago hatte? Ehe ich das Heulen kriege, will ich lieber auf Gert schimpfen und auf seine ganze Truppe von Scheißidealisten, die sich die Überheblichkeit leisten, lieber keine als kleine Schritte zu tun und nichts zu veröffentlichen, „weil sie sich nicht korrumpieren lassen". Aber den Schnaps der Korrupten saufen sie gern, und in unseren Sesseln sielen sie sich herum mit der beleidigten Miene von Kindern, denen der Weihnachtsmann keinen Komfort geschenkt hat, und fressen sich durch bei der dogmatischen, die Poesie tötenden Mutter Margarete, und nach dem Essen spucken sie auf die

Teller, die sie nicht gefüllt hatten, weil sie beschäftigt waren, „reine Kunst“ zu machen, eine humane Sprache zu schaffen, um der Sprache willen, ohne Engagement an dieser Welt, in der zu jeder Stunde Menschen verhungern oder gefoltert werden – und wenn diese Sorte von Reinheit nicht das Letzte an Inhumanität ist, dann soll mich auf der Stelle der Teufel holen. Vielleicht sollten wir wirklich abtreten – aber nicht, um diesen Vertretern einer anderen Generation Platz zu machen.

So, jetzt ist mir wieder besser. Übrigens habe ich heute ein Kapitel abgeschlossen, in dem es mindestens drei hübsche Sätze und einen gescheiten gibt, den ich nachher – aber exakter formuliert – bei Kolakowski wiederfand.

Nächstens erzähle ich Dir mal von dem Sanften, der zwar doof ist, aber – möglicherweise – ein ganz begabter Maler, und überhaupt so seine Abgründe hat.

Bleib gesund, liebe Christa, grüß Deine Familie, hab Spaß am Eulenspiegel.

Sehr herzlich
Deine Brigitte

47 An Christa Wolf

Nbg., 24. 9. 70

Christa, liebe Christa,

ich bin völlig schwachsinnig vor Glück, sonst würde ich Dir einen Brief schreiben – vor einer Woche wäre er noch halbwegs gescheit ausgefallen, jedenfalls skeptisch, aber jetzt bin ich bloß noch verliebt (wenn nicht sogar Schlimmeres vorliegt als Verliebtsein), richtig, mit Lachen und Weinen, und morgen fahren wir in die Ferien, in eine Welt ohne Gespenster und Verrückte, denn dieser Mensch ist Arzt und Mecklenburger, also gelassen, nüchtern, blond, dick und dickschädelig und ungeheuer verwundert darüber, daß er sich in eine „Welsche“ verliebt hat, und überhaupt ist alles sehr süß, weil er von Frauen nicht viel mehr weiß, als daß sie 200 g Gehirn weniger haben als Männer, und weil er so eine Art hat, mich festzuhalten und lauter nette Dinge zu tun, statt sie zu sagen.

Wir haben eine Woche hier zusammen gehaust, und manchmal denke ich: Das wiederholt sich nicht – aber das ist mehr ein belletristischer Gedanke oder prophylaktisch gemeint; morgen jedenfalls fahren wir zu seinen Eltern, die einen Hof haben am Plauer See, im Wald, und tausend Chrysanthemen. Halt mir die Daumen, wenigstens für noch einmal sieben Tage.

Herzlich
Deine Brigitte

48 An Brigitte Reimann

Kleinmachnow, d. 2. 10. 70

Liebe Brigitte,

die sieben Tage sind um, jetzt halt ich Dir die Daumen für die nächsten sieben mal sieben, dann mußt Du Verlängerung beantragen.

Sei glücklich – ich hab extra Büttenpapier genommen, um diesem Wunsch Nachdruck zu verleihen.

(Wir fahren morgen mit Tinka noch mal weg, 14 Tage Bulgarien, aus plötzlicher Panik vor dem Berliner Winter.)

Sei gegrüßt!
C.

49 An Christa Wolf

Nbg., 19. 10. [70]

Liebe Christa,

bist Du wohlbehalten wieder im kalten Deutschland angekommen? Ich dachte Dich auf der Vorstandssitzung zu sehen, aber die werde ich nun wohl doch schwänzen, „umständehalber". Ich schreibe Dir diese Woche noch. Dank Dir fürs Daumendrücken, es sieht ganz so aus, als sollten es die sieben mal sieben Wochen werden. Sieh ihn Dir mal an – nächstens sind wir für ein paar Tage in Berlin. Grüß Tinka und Gerd. Bis bald.

Ich grüße Dich herzlich.
Deine Brigitte

50 An Brigitte Reimann

Kleinmachnow, 7. 11. 70

Liebe Brigitte,

es ist noch nicht acht Uhr früh, über meinem Balkon kullert die Sonne hoch – nach so vielen Wassertagen! –, und meine Kiefern sind weiß. Verflucht noch mal, da hätten wir also wieder diesen Winter.

Ich bin ganz fröhlich heute morgen, auch Deinetwegen, und obwohl meine Arbeit an diesem Eulenspiegel sich so hinschleppt. Von Natur aus bin ich, glaube ich, nicht unfleißig, aber irgendwas steht meinem Fleiß entgegen, mehreres, scheint mir, unter anderem dieses Filmgenre. Ich sehne mich nach Prosaschreiben wie der Fisch nach dem Wasser.

Gerd ist eben aus seinem Bett gekrochen und hat barfuß seine Morgenvisite bei mir gemacht, wie immer habe ich ihm das Barfußlaufen verwiesen von wegen drohendem Rheumatismus, wie immer hat er es verteidigt als Merkmal seiner Persönlichkeit. Arme kleine Tinka mußte schon um sechs aufstehen – Nein, Mutti! Heute nicht, das kannst Du mir nicht antun!, sagte sie beim Wecken, und Annette ist die Woche krank geschrieben, weil ihr Kreislauf ziemlich gewackelt hat und ihr das alleinige Studentenleben gar nicht so gut bekommt. Sie schläft bis in die Puppen.

Ich schleppe aus der vergangenen Woche allerlei unerledigte Probleme mit mir herum, und mir ist aufgefallen, daß allzuoft irgendwelche „Fälle“ oder Entscheidungsfragen, die an mich herankommen, innerlich zu einer Stimmenthaltung bei mir führen. Das nehm ich mir übel, weiß aber nichts anderes. Schon Herr Erasmus von Rotterdam, mit dem mein armer Eulenspiegel es auch ein bißchen zu tun kriegt, hat, als er vom tapferen Glaubenstod seines langjährigen Freundes Thomas Morus erfuhr, den schönen Satz gesagt: Warum hat sich der Mensch in diese Angelegenheiten eingelassen? – Er selbst, aufgeklärt wie nur einer, hat gemäßigt gegen Luther geschrieben, hat ein Salair vom Kaiser Karl dem V. erhalten und vom Papst, der sich allerdings was Saftigeres gegen den Ketzer gewünscht hätte, großmütig ein Geldgeschenk. Ach, wie ich diesen Erasmus verstehe! Er wußte zuviel.

Tatenarm und gedankenvoll – Herr Hölderlin hat immer noch recht.

Davon mal abgesehen: Wollen wir doch eine Zusammenkunft vor Weihnachten regelrecht organisieren. Viel besser als ein kurzes Treffen in einem Berliner Café fände ich folgendes: Wenn es Euch möglich ist, übers Wochenende mal einen Dienstwagen nicht zu teuer zu kriegen; wenn Dein Rudi seine Fahrprüfung gemacht hat, dann solltet Ihr eines Sonnabends mal hierhergefahren kommen, bei uns übernachten (was sehr leicht möglich ist) und am Sonntag nachmittag zurückfahren. Voraussetzung wäre, daß Du Dich wohl genug fühlst und Lust zu einer solchen Expedition hast. Einen Termin könnte man ja telefonisch vereinbaren. Wir haben viele neue Bücher, die ich drüben bestellen konnte und die jetzt laufend eingehen. Wäre also auch ein Grund, mal zu gucken. Unser Katerchen Max haben wir allerdings nicht mehr, er ist vor 8 Wochen an der Katzenseuche gestorben, als einzige Katze in der Umgebung, es war wirklich schlimm und tat uns richtig weh.

Nun kommt seine Frau, die schwarze Katze Napoleon von nebenan, in unser Haus und nimmt Besitz davon. Menschliche Häuser sind ja für Katzen nichts weiter als Teil ihres Reviers, den man zu registrieren und gegen Revierfremde zu verteidigen hat.

Also wie ist es: Wollt Ihr mal kommen. Dann ruf an. Inzwischen schreib drei schöne Zeilen!

Deine Christa

Grüße an Herrn Dr. Rudi, dessen Nachnamen ich nicht weiß.

51 An Christa Wolf

Neubrandenburg, 13. 11. [70]

Liebe Christa,

hab schönsten Dank für Deinen Morgenbrief; meiner ist ebenfalls morgendlich: der Milchmann ist eben, halb sechs, beim Kindergarten vorgefahren, und ich habe mir meine Kanne Milch geholt, und der Dicke schläft nebenan und hat die Decke übers Gesicht gezogen, und spätestens in einer halben Stunde wird er anfangen zu jammern und zu mauzen, weil sein warmes welsches Weib fehlt. Er hat die netteste Art aufzuwachen, die ich bei einem gesehen habe – immer mit einem strahlenden Lächeln, wie ein kleiner Junge am Geburtstag. Und mit diesem strahlenden Lächeln kommt er am Spätnachmittag, nach dem Dienst, zur Tür herein, gibt mir seine Äther-Küsse und sieht sich tief zufrieden in der Wohnung und in dieser Welt um. Der ist glücklich … und meistens bin ich es auch, weil er gut zu mir ist und zärtlich und ein richtiger Beschützer, der einem jede Sorte von Angst nehmen kann, und weil ich doch nicht „untauglich“ bin, wie K. sagte: denn der Rudi hat sein Leben umgestülpt, er säuft nicht mehr, stellt also auch keine Dummheiten mehr an [...], er hat wieder Spaß an seiner Arbeit und schafft mehr als früher und entwickelt einen gewissen trägen Ehrgeiz, arbeitet wieder an seiner fachlichen Weiterbildung, ist nett zu seinen Mitarbeitern – kurzum: ein positiver Mensch. Wie lange? Ich fürchte mich geradezu vor seinen Freunden, diesen versoffenen Junggesellen, und davor, daß er eines Tages dasselbe Gefühl hat wie ich die ganze Zeit schon (wenn auch sorgfältig verdrängt): das der Freiheitsberaubung. Du, wir werden so friedliche Bürger – kann das auf die Dauer gutgehen? Wir gehen zusammen einkaufen und Eis essen, wir kochen und machen Ferienpläne, und der Dicke hat ein Auto bestellt, und im Fernsehen gucken wir uns den „Grafen von Monte Christo" an und „Arthur, den Engel" (der Dicke hat eine Schwäche für Mantel-und-Degen-Stücke und für Märchen, und überhaupt ist er manchmal ganz kindlich, kichert über unschuldige Witze, nascht und macht Kissenschlachten und bestaunt meine Lippenstifte und Halsketten und die Schleifchen an Hemden und den ganzen Weiberkram), und sonntags sieht er das Fußballspiel, und ich muß neben ihm sitzen, lese oder nähe, und manchmal brülle ich Protest, und dann lacht dieses dicke Ungeheuer (er hat so eine verschmitzte Art, mit den Schultern zu lachen) und sagt bloß: Sträub dich nur, Katze ...

Ach, eine domestizierte Katze, die sich das Fell kraulen läßt und am Ofen (oder an einer warmen Schulter liegt) und nicht mehr herumstreunt ... Aber ohne den Ofen – oder die Schulter – wär's mir wieder zu kalt. Alles hat seinen Preis, und Glück – weiß der Teufel, was Glück ist. Ich dachte, das „Christusalter", dieses Entscheidungsalter, läge so bei dreißig Jahren, aber weit gefehlt. Jetzt bin ich 37 und sitze immer noch zwischen den Stühlen.

19. 11.

Liebe Christa,

der Morgenbrief hat tagelang herumgelegen, ich bringe nichts mehr zu Ende – ein Dutzend halbgelesener Bücher, halbgeschriebener Briefe, keine Zeile mehr am Manuskript. Wir bestehen bloß noch aus Müdigkeit; die Nächte schlagen wir uns um die Ohren, indem wir einem jungen Ehepaar überflüssige Ratschläge erteilen oder Tränen trocknen oder die gegenseitigen Anklagen anhören. Die beiden wollen sich scheiden lassen oder auch nicht; er betrügt sie seit einem Jahr mit einer Krankenschwester, und sie liebt ihn leidenschaftlich und ist bereit, alles zu verzeihen, dabei schrecklich enttäuscht und sicher auf lange Zeit hin mißtrauisch, und er kann sich nicht entscheiden zwischen den beiden Frauen, und die Krankenschwester hat einen Mann, der vor kurzem erst aus dem Zuchthaus gekommen ist (eine Straftat – Verleumdung, Aufruhr oder dergleichen – im Zusammenhang mit dem 21. August) und noch ahnungslos ist – also die übliche, einmalige, banale, nie dagewesene Geschichte ... Aus irgendeinem Grund halten die beiden uns für zuständig, und wir quälen uns gemeinsam durch die Nächte, und anderntags gähnt der Dicke, und die arme Frau besteht bloß noch aus umschatteten Augen, und dem charmanten Lügner zittern im OP die Hände, und ich kriege mal wieder das Heulen, weil Sätze gesagt worden sind, die ich bei anderer Gelegenheit selbst gesagt oder angehört habe. Manchmal könnte einem ekeln vor diesen ewigen Wiederholungen; dem Leben fällt einfach nichts ein.

Mein armer linker Jürgen steckt immer noch in Liebeswirren und wird vor Kummer jeden Tag dünner. Neubrandenburg wird ihm immer unleidlicher, er kann nicht mehr täglich in die Gartenstraße kommen, und ich habe ein schlechtes Gewissen, als ginge es um Betrug und Ehebruch. Wir waren auf eine Art zusammen, die vielleicht verläßlicher ist als Liebe, und er sagt, er habe jetzt das Gefühl, als ob man ihm ein Stück Fleisch rausgeschnitten habe. Nun betreibt er seine Versetzung nach Berlin, und die verquere Romanze ist zu Ende.

Der Christoph ist zunächst mal verschwunden; die Kripo interessierte sich zu lebhaft für ihn. Goldschmuggel und Antiquitätendiebstahl. Es muß da eine ganze Gang in Dresden geben, die sich darauf spezialisiert hat, und der Christoph ist vermutlich nur aus Doofheit reingerutscht; jedenfalls scheint er bei diesem Geschäft nichts zu verdienen. Zuletzt schleppte er einen Renaissance-Leuchter mit sich herum (so ein Tausend-Mark-Stück), aus einem Palais, „wo noch mehr zu holen ist". Herrje, und ich hätte mich beinahe darauf eingelassen, mir eine Permosersche Putte besorgen zu lassen, irgendeinen dicken Bengel, der die Terrasse bewachen sollte.

Na, genug geschwatzt. Liebe Christa, wir würden gern zu Dir nach K. kommen (obgleich der Dicke ein bißchen Hemmungen hat – er ist manchmal richtig schüchtern und überdies für einen Arzt geradezu komisch schamhaft), aber das ist jetzt im wesentlichen eine Transportfrage. Der Rudi hat zwar seine Fahrerlaubnis, aber noch keinen Dienstwagen, und ich fürchte mich noch ein bißchen vor unwegiger Eisenbahnfahrerei, weil ich durch diese blöden Schmerzen etwas beeinträchtigt bin. Aber wir werden uns schon was einfallen lassen. Mir wäre sehr nach Reden zumute, und nach Büchern, und überhaupt nach Eurem Haus – einer Familie, meine ich, Eurem Beispiel. Daß so was geht und sogar gutgeht ... sehr merkwürdig.

Vielleicht bin ich am Montag in Berlin, zu dieser Realismus-Sitzung.

Hast Du Greenes Erzählungsband „Spiel im Dunkeln" gelesen? Da gibt es eine Geschichte, „Eine Fahrt aufs Land", die hat mich sehr berührt, und das wird ja wohl seinen Grund haben.

Leb wohl, Christa, bleib gesund, grüß Gerd und die junge Frau Tinka und des armen Max Witwe.

Herzlich
Deine Brigitte

52 An Brigitte Reimann

Kleinmachnow, 27. 11. [70]

Liebe Brigitte,

ich nehme mit Absicht so ein kleines Blättchen, um nicht mehr zu schreiben, weil ich ja eigentlich gar keine Zeit habe. Augenblicklich ist so ein kleiner Teufel los, alle möglichen Menschen überlaufen uns, Annette kam mit mächtigen Problemen und Depressionen, die aber wieder gebessert sind, Tinka meldet ihre Erwachsenen-Ansprüche an, dieser verdammte Eulenspiegel röchelt in seinen letzten Zügen, und Kater Maxens „Witwe", die schwarze Katze Napoleon, hat sich vollständig bei Tag und Nacht bei uns eingenistet. Also zu der Vorstandssitzung geh ich nicht, so spannend stell ich mir die neueste Realismus-Forschung auch wieder nicht vor, neulich sagte so ein „Forscher" zu uns, man müsse doch mal untersuchen, ob die Langlebigkeit überhaupt noch ein Kriterium für die Qualität sozialistischer Literatur sein könne, wo heute doch das Leben so rasend schnell geht ... Dafür haben sie Nahke aus dem Fernsehen gebootet, und der letzte Anlaß soll ein Wogatzki-Stück gewesen sein. Siehstu, dieß sünt die Froiden des Dahseins.

Spaß beiseite: Ihr braucht nicht zu kommen, ich werde kommen und Euer Idyll begucken. Und zwar am Sonnabend, dem 19. Dezember, falls Euch das paßt. Ich bin nämlich vorher in Rostock, bei den Genetikern, und am Sonnabend irgendwann nachmittags würde ich eintrudeln. Vielleicht kannst Du mir ein Zimmer bestellen in Eurer schönen Stadt, am Sonntag fahr ich dann nach Hause. Du bist übrigens gut: Hast Du mal Ruhe, starke Schultern, Liebe, Güte und alles, was dazu gehört, schon brüllst Du „Freiheitsberaubung". Laß Dich ruhig noch ein bißchen berauben, es stärkt das Gemüt ungemein.

Der Zettel ist alle, meine Mitteilung auch.

Sei gegrüßt
Christa

53 An Christa Wolf

Nbg., 3. 12. 70

Liebe Christa,

wir freuen uns sehr auf Deinen Besuch. Damit Du mich in meiner ganzen Bravheit kennenlernst, werde ich sogar kochen, ja? (Schon, weil wir jetzt einen richtigen großen Familientisch haben, an dem man essen kann.) Hotelzimmer wird's wohl nicht geben, aber Rudis Wohnung steht zur Verfügung (Fernheizung, Küche, Duschecke etc.). Bis bald!

Sehr herzlich
Deine Brigitte

54 An Christa Wolf

Nbg., 1. 1. 71

Liebe Christa,

für das neue Jahr wünsche ich Dir und Gerd und Annette und der Tinka-Jungdame von Herzen alles Gute. Sei gesund und hab Freude an der Arbeit. Der Dicke legt Dir ächzend seine Verehrung zu Füßen.

Mit herzlichen Grüßen
Deine Brigitte

55 An Brigitte Reimann

Kleinmachnow, 19. 1. 71

Liebe Brigitte,

das Neue Jahr ist schon ganz schön angegangen, ich hab ein neues Buch angefangen, ein paar Wörter erst, dann kamen mir wieder 14 Tage Eulenspiegel-Nacharbeiten dazwischen, nun bin ich das erst mal los. Freu mich eigentlich auf dieses Jahr, da muß ich kaum was anderes machen als an diesem Buch rummurksen. Neben mir schläft im Sessel unsere schwarze Katze Napoleon, Tinka hat sich den Magen verkorkst, Annette ist tief in ihre neue schöne Liebe versunken und schreibt nebenbei lauter Einsen, und Gerd behauptet, wenn er in Zukunft immer so schwer schreiben soll wie jetzt, dann gibt er's auf. – Innerlich herrscht so etwas wie Windstille, ich finde, wir stagnieren, es dreht sich alles immer um den gleichen Käse, wir müssen uns mal was Neues ausdenken. Aber was?

Bei Euch hat's mir gefallen, Herr Rudi hat meine ganze Sympathie, genau das Richtige für Dich, wenn ich das mal äußern darf. Da prallen alle Deine Extravaganzen einfach ab und können nicht selbstzerstörerisch werden. – Nach dieser weisen Rede gehe ich schlafen, indem ich Dich und Herrn Rudi grüße,

Deine Christa.

(Gehst Du im März nach Buch? Da besuch ich Dich. Und heiratest?)

56 An Christa Wolf

Nbg., 5. 2. 71

Liebe Christa,

hab schönen Dank für Deine Karte. Ich freue mich, daß Du den Dicken magst. Er ist ein Engel (zur Zeit allerdings vom Putzteufel besessen; er wirtschaftet gewaltig in der Küche herum) – seit fast zwei Wochen liege ich im Bett, gerädert und gevierteilt, und trotzdem nahezu glücklich, weil er alle Augenblicke rüberkommt. Warst Du als Kind mal krank? Die Nachmittage, und Mutter bringt heiße Milch und trödelt im Zimmer rum und singt sich eins. So ungefähr.

Am Mittwoch bringt er mich nach Buch. Die Dr. Matthes gibt mir ihr Einzelzimmer, und ich [kann] kritzeln (das tue ich hier auch, wenn die Schmerzen nicht gar zu wüst sind, und schaffe beinahe jeden Tag mein Pensum). Und am Dienstag wollten wir heiraten ... Na, bleiben wir eben noch im Zustand der Todsünde. Und gerade jetzt schreit Lewerenz nach dem Buch. Eine Gelegenheit! Die Gunst des Augenblicks! (Muß irgendwie mit der Beratung beim CHEF zusammenhängen.) Du, ich würde mich sehr freuen, wenn wir uns in Buch sehen könnten. Bleib gesund, hab Freude an Deiner Arbeit und grüß Deine Familie (samt Dame Napoleon).

Herzlich
Deine Brigitte

57 An Brigitte Reimann

Kleinmachnow, den 11. 2. 71

Liebe Brigitte,

ich schreib mal einfach mit der Maschine, weil es schneller geht. Ich denke oft an Dich, weil ich mir denken kann, daß die ersten Tage da in dem Krankenzimmer nicht schön sind – um mal was Euphemistisches zu sagen. Ich stelle mir vor, daß Du manchmal unsicher bist, ob die Leute Dir die Wahrheit sagen, wenn sie Dir gute Aussichten versprechen, und Du hast ja auch in den letzten Monaten manchmal darüber gesprochen oder geschrieben. So möchte ich Dich beruhigen. Ich habe gestern mit Frau Dr. Matthes telefoniert, sie war sehr zuversichtlich, daß Du Deine Schmerzen wieder los wirst und überhaupt wieder auf die Beine, zum Heiraten, zum Schreiben und zum Leben, kommst, und sie hatte ja keinen Grund, mir etwas vorzumachen, das täte sie auch nicht. So daß ich Dir sehr ans Herz legen möchte, Du sollst nicht verzagen, sondern Du sollst im Gegenteil (jetzt fehlt mir lange das passende Wort; sagen wir mal:) aufgerichtet bleiben, weil nach oft erprobter Manier die physische Aufrichtung dann doppelt so schnell geht. Das mußt Du einfach von Dir verlangen, Du mußt nüchtern sein und nicht in Panik verfallen, auch nachts nicht, auch nicht gegen Morgen, auch nicht, wenn es draußen nun wieder mal so etwas wie Vorfrühling wird. Auch nicht – wenn es möglich ist – bei großen Schmerzen. Denk an Herrn Rudi, aber das tust Du sowieso, also was red ich. Ach, Brigitte, ja, es ist zumindest große Kacke, so herumzuliegen, und ich komme mir sehr unfair vor mit meinen vielleicht unnachfühlsamen Beschwörungen, nichts kann diese Unfairneß ausgleichen, und trotzdem hab ich recht, und trotzdem sollst Du's so machen.

Du sollst einfach wirklich *leben*, auch jetzt, und, daß Du im Moment auf dieses Krankenzimmer und dieses Bett und diese immer selben weißbekleideten Leute angewiesen bist, möglichst wenig als Reduziertsein auffassen, das kannst Du nämlich, hast es ja auch schon bewiesen, und wenn mal Pause ist, kritzle an Deinem dicken Buch rum, ich beschwöre Dich nochmals! Gerade habe ich ein anderes dickes Buch gelesen, von Gabriele Wohmann, Bundesrepublik (kennst Du sie? Eine faszinierende Person und Autorin, Jahrgang 32, ich borg Dir mal was von ihr, wenn Du wieder auf Trab bist): „Ernste Absicht". Da sieht man ganz gut die Gemeinsamkeiten und die Unterschiede bei vermutlich ähnlicher Veranlagung. Sie sind einfach noch hoffnungsloser, ernüchtert gegen ihren Willen bis auf den Grund, richten eine ernste Absicht auf die Frage, worauf sie eine ernste Absicht richten sollen, und denken so lange bis zu Ende darüber nach, bis wirklich kaum ein Grund zu ernsten Absichten mehr übrigbleibt.

Tinka spielt gerade unten ihre Clementi-Sonate, an der sie seit vierzehn Tagen strickt, so wird einem Musikbildung aufgedrungen. Gerd ist nach Gotha und Untermaßfeld und Leipzig unterwegs, um seine Autoren abzuklappern, ich trinke einen Whisky mit viel Eis, empfehlenswert. Es ist nämlich Abend, dreiviertel acht, mein Tagwerk liegt hinter mir in Form einiger mit Stoffassoziationen vollgekritzelter Seiten, damit helf ich mir jetzt, um überhaupt was zu machen, da ich nicht weiß, wie ich dieses Buch erzählen soll. Es heißt übrigens „Kindheitsmuster“, Untertitel: Nachruf auf Lebende. Aber das bleibt bitte unbedingt unter uns, ich spreche ungern gerade über dieses ungelegte Buch, ich nähere mich ihm unter großen inneren Hemmnissen, die sich ja immer äußere erfinden – zum Beispiel diesen herrlichen Hinterkopfkantenschlag unseres Kamins neulich, dessen Folgen vier Tage lang recht spürbar waren und mir beste Vorwände für Herumlungern und viel Schlafen lieferten – was ich alles in den letzten Wochen nicht mehr konnte, weil dieses verdammte Buch mich ernsthaft bis in den Schlaf hinein belästigte. Es ist ja neben allem anderen auch eine Art Psychoanalyse, da schwemmt eine Menge mit gutem Grund Verdrängtes wieder hoch, wie verhält man sich nun dazu, schreibt man es auf, nimmt man es nur zur Kenntnis, oder verdrängt man es wieder? Von jedem etwas, vermutlich, aber: Wann was? Bei der Gelegenheit kommen mir Teile der deutschen Rechtschreibung abhanden. Zum Beispiel möchte ich schon wissen, wieso ich das gute „ie“ jetzt so häufig, auch handschriftlich, des ihm zustehenden „e“ beraube, also ni und Libe und Dib schreibe? Ich habe sogar mein Zimmer umgeräumt, als ich das Buch anfing, ich habe, was mir an Zauberspuk einfiel, versucht, als gar nichts nützen wollte, legte ich es darauf an, von Gerd ordentlich beschimpft zu werden, faul und brummlig und selbstmitleidig nannte er mich, mitten auf meinen schmerzenden Kopf, das half dann ein bißchen, nun entledige ich mich ziemlich flott erst mal der Stoffmasse. Alles andere käme dann, hat Gerd versprochen, er muß es ja wissen.

Annette sehen wir nur noch andeutungs- und stundenweise, dann redet sie von ihrem unerhört schönen Dasein mit dem von ihr gefundenen lieben Herrn, die wäre also unter einer gewissen Haube, deucht mir, und hat Verwendung für die Vokabel „Glück". Ähnlich die Dame Napoleon, es ist ein ebenfalls schwarzer Kater mit weißem Latz und weißen Pfoten, der mit ihr zusammen sehr schön singen kann. Möchtest Du zu gegebener Zeit eine schwarze Jungkatze? Manchmal ist sie freilich des Treibens müde, gerade schläft sie auf einem meiner Biedermeiersesselchen, da Vater nicht da ist und sie sich nicht auf seinem Schreibtisch mitten über alle Papiere legen kann, was sie freilich am liebsten tut. Sie hat sich auf Seelachs spezialisiert und verweigert fast jede andere Nahrung, was wir, angesichts ihrer anfänglichen wahllosen Freßsucht, nur als Beweis dafür nehmen können, wie sehr der Umgang mit uns Mensch und Tier verfeinert.

An dieser Stelle brach ich vor fast zwölf Stunden ab, legte ein langweiliges Fernsehstück dazwischen, eine Diskussion mit Tinka über die Frage, warum eigentlich Eltern ihre Kinder lieben, inwieweit selbstlos, inwieweit eigensüchtig, dabei kamen meine diversen Erziehungsfehler exakt, aber nachsichtig zur Sprache, unter anderem meine üble Angewohnheit, hin und wieder Dienstleistungen von unschuldigen Kindern zu erwarten. Mit der Ausrede, ich wertete solche Handlungen als Gradmesser der Kindesliebe, kam ich natürlich nicht durch. Tinka erklärte: Wenn ich so viel abwaschen würde, wie ich dich liebhabe, könntet ihr den ganzen Tag fressen und Geschirr dreckig machen. – Diese Beweisführung ist nicht widerlegbar. In diesen Ferienwochen entfaltet Tinka zwischen sich und ungefähr zehn Fläzen aus ihrer Klasse einen dichten Telefonverkehr, der meistens dazu führt, daß sie nachmittags mit eben diesen zehn Jünglingen als Räuberbraut durch die Lande zieht, abends nach Rauch riecht („die rauchen nun mal so stark" – 8. Klasse!), eine Tafel Schokolade aufißt (oder mehrere Beutel Gummibärchen) und sich mit Herrn Clementi oder Herrn Händel anlegt. Mit mir verkehrt sie meist in nachsichtigem Ton, wie er der älteren Generation angemessen ist. Taktisch klug hatte sie uns seit zwei, drei Monaten auf ihr „Absacken" in der Schule aufmerksam gemacht, und warf uns dann jetzt lässig ein Zeugnis hin, auf dem es überhaupt nur Einsen und Zweien gibt und das sie zur Zweitbesten in der Klasse qualifizierte. Kommentar dazu: Frau Schmidt sagt, ick hab noch Reserven, wenn ich was tun würde. (Frau Schmidt ist ihre Klassenlehrerin.) Berufswunsch: Ich kann mich mir überhaupt nur freischaffend vorstellen! – Nun weißt Du ungefähr, daß wir mindestens vier bewegten Jahren entgegengehen. Mit 18 bricht meistens die erste Andeutung von Vernunft in die menschliche Psyche ein.

Liebe Brigitte, ich besuch Dich nächste Woche spätestens, aber vielleicht auch, kurz entschlossen, schon früher. Bin augenblicklich autolos, aber das ist kein unüberwindliches Hindernis. – Soeben höre ich im Radio, daß eine Gruppe fortschrittlicher englischer Frauen, die dabei ist, Grimms Märchen nach den Gesichtspunkten der Gleichberechtigung umzuschreiben, von Schneewittchen erwartet, daß es sich mit den Zwergen zu gesellschaftlich produktiver Tätigkeit ins Bergwerk begibt. Bei solchen Gelegenheiten taucht in unserer Familie der Ausspruch auf: Mona Lisa, komm Milch holen! – Dies rief nämlich ein tschechischer Kuhbesitzer meiner Tochter Annette zu, als sie vor 2 1/2 Jahren in Böhmen in irgendeiner Hütte wohnte, wie heute einen Mittelscheitel trug und eines Tages nicht zur gewohnten Zeit mit der Milchkanne erschienen war. – So geht's im Leben!

Ich grüß Dich!
Deine Christa

58 An Christa Wolf

3. 3. 71

Liebe Christa,

der Matisse ist an die Wand geklebt worden und leuchtet ordentlich, und der Dicke schwänzt seine Vorlesungen, um nach Buch zu kommen oder in Berlin mit rührender Ahnungslosigkeit nach Antiquitäten zu jagen, und es gibt eine Menge schöner Dinge zu lesen („Siehe ..." hat mich mächtig beeindruckt), und eben sagte Frau M., daß Du nächste Woche kommst: lauter freundliche Dinge ringsum. Erinnere mich daran, daß ich Dir einen Brief von Schreyer zeige.

Bleib gesund und sei herzlich gegrüßt von

Deiner Brigitte

59 An Brigitte Reimann

Klm., d. 8. 3. 71

Liebe Brigitte,

der Abstand zwischen meinen Besuchen bei Dir ist viel größer geworden, als ich wollte, es liegt an vielerlei zum Teil blöden, zum Teil nicht blöden Abhaltungen und daran, daß Du doch ziemlich weit weg bist. Eben hab ich mit Annemarie ausgemacht, daß sie diese Woche zu Dir geht, nun weiß ich nicht genau – weil doch am Wochenende sicher Dein Rudi da ist –, ob ich nicht bis Anfang nächster Woche meinen Besuch verschieben soll. Jedenfalls will ich mich doch wenigstens mit ein paar geschriebenen Zeilen bei Dir melden, die Dir allerdings keinen rechten Begriff davon geben, daß ich dauernd eigentlich mit Dir umgehe, mit Dir rede, Dir was erzähle, Dir was zu lesen empfehle.

Die große Kälte hast Du ja verpaßt, da war allerdings nicht so viel zu verpassen, wer hat davon schon Notiz nehmen wollen, nachdem schon die Primeln in den Gärten geblüht hatten und die Birken sich anschickten, grün zu werden. Zwischen der Natur laufen die Menschen herum und reden und reden, wir auch, immer um dasselbe, aber es dauert in unseren Zeiten eben lange, ehe man eine schwierige Sache wirklich weiß. Das merkt man beim Schreiben, und ich frag mich, ob wir, unsere Generation (zu der Du Dich ja nicht unbedingt schon rechnen mußt), nicht ein bißchen zu spät hinter die Sachen kommen. Gerade heute kriegte ich einen Brief von einem jungen Physikstudenten, 21 Jahre, der hatte die „Christa T." gelesen und schrieb mir, warum das Buch auf ihn wirkte, er hatte Formulierungen, wie man sie sich immer von Lesern oder von Menschen überhaupt wünscht, dabei ganz naiv, ungebrochen, und doch, verglichen mit uns in diesem Lebensalter – welche Bewußtheit! Ob, darauf aufbauend, diese Generation nicht vielleicht doch etwas Bedeutendes leisten könnte? Oder ob sie sich schnell totläuft, angehaucht von der Unmöglichkeit zu handeln und gelähmt von den fertigen Zuständen? Gestern sprach ich mit einem jungen Ingenieur, ungefähr 27, auch Physiker, der eine sehr spezialisierte und auch nicht uninteressante Forschungsarbeit macht und nicht bereit ist, Gegebenes hinzunehmen, er schilderte mir das Verhalten der Leute, mit denen er zusammenarbeitet, Arbeiter, Laborantinnen – wie sie die acht Stunden, die ihnen täglich durch die Arbeit aus ihrem Leben gerissen werden, als notwendiges Übel nehmen und nur auf den Feierabend hinleben, wie es ihm nicht gelungen ist, ihnen ein Interesse an den Forschungen abzuringen, die sie gemeinsam machen, er brachte Beispiele, wie sie achtlos, ohne es zu bedauern, die Arbeit einer ganzen Gruppe von Menschen von vierzehn Tagen zerbrechen (buchstäblich: die Reagenzgläser fallen lassen), oder wie sie, wenn eine wichtige, lang erwartete Reaktion endlich eintritt, unterlassen, ihn zu benachrichtigen, weil die Kaffeepause fällig ist. – Muß das alles so sein? Kann man es nicht anders erwarten, nie? Oder was haben wir falsch gemacht? Was machen wir falsch, schon im Kindergarten und in der Schule?

Ach, dazu müßt ich Dir von der Begegnung mit dem Soziologen beim Donnerstag-Club im Aufbau erzählen, und von Besuchen bei Menschen, die in diesen neuen Wohnmaschinen im Berlin-Zentrum wohnen, die mich sehr deprimiert haben – die Häuser, mein ich. Da fahren die Kinder dauernd Fahrstuhl auf und ab, weil sie keinen Spielplatz haben, oder sie stehen draußen zwischen den Autos – für die man den Parkplatz nicht vergessen hat – und spielen: Wer fürchtet sich vorm schwarzen Mann – was wir als Kinder auch gespielt haben, am Sonnenplatz, zwischen Ginster und Sandkuhlen. Mir griff es ans Herz, und die Leute verstehen nicht, was du meinst, wenn du was sagst.

Das ist ein Kurz-Exposé aller der Dinge, über die wir mal ausführlich reden müssen, das alles muß doch wenigstens gedanklich durchgearbeitet werden, Du kannst Dich ruhig beeilen, damit Du bald wieder ganz und gar dazu fit bist. Ich höre manchmal von Frau Matthes, sie ist zufrieden mit Dir, aber das täuscht natürlich nicht darüber hinweg, daß Dich die Behandlung subjektiv wahrscheinlich sehr anstrengt. – Hast Du noch zu lesen? Wenn ich komme, bringe ich wieder was mit, und wenn Du irgendwas anderes brauchst oder auf irgendwas Lust hast, laß doch anrufen bei mir, das macht doch sicher mal eine Schwester ...

Wahrscheinlich kommt nun doch bald ein bißchen wirkliche Frühlingsluft durch Dein Fenster.

Ich grüß Dich sehr, auch von den anderen Wölfen,

Deine Christa

60 An Brigitte Reimann

Klm., d. 27. 3. 71

Liebe Brigitte,

ach Mensch, nun hast Du Dich doch zu früh von mir verabschiedet, nun muß ich doch noch mal Dich besuchen kommen, das werd ich sicher nächste Woche machen, wenn Du Dich nach der Operation wieder aufgerappelt hast, und das tust Du ja immer erstaunlich schnell. Ich war ja zuerst ganz sauer mit Frau Matthes, als sie mir das alles erzählte, und es ist ja nicht ganz leicht zu begreifen, daß es gerade ein gutes Zeichen ist, wenn Du so günstig auf diesen Hormonentzug reagierst, daß sie eben auch diesen Eingriff noch machen wollen. Sie schwor mir, Du könntest dann segeln gehen oder ich weiß nicht was sonst noch für Kunststücke ausführen, und das ist ja nun wiederum nicht ganz ohne Reiz. Nicht?

Hör mal, Du hast einen Haufen Kraftreserven, physischer und psychischer Art, von denen ja kein Mensch – oder jedenfalls ich nicht – vorher was hat ahnen können. Da hat der Gummel mit dem robusten Zigeuner schon ganz recht – aber leitest Du Deine Ahnenreihe nicht strenggenommen von Japan her? Wie dem auch sei, mein Großvater hat immer gesagt: Es zeigen sich dunkle Wolken am Horizont, aber die Sonne unserer Liebe wird auch über diese Wunde Gras wachsen lassen. Mein Großvater wurde sechsundachtzig, und mit achtzig machte er vor uns im grünen Grase Handstand, das schwör ich Dir, und schwärmte von einem Rittergutsbesitzer, bei dem er in grauer Vorzeit Saisonschnitter gewesen war und der vor den erstaunten Augen der Schnitter aufgrund einer Wette auf einen Ritt sechzehn Eier fraß – aus dem Eßkorb der Schnitter, versteht sich.

Das hätten wir ja hinter uns, aber um uns rum und vor uns haben wir eine ganze Menge, bei dem wir Deine aktive Anwesenheit dringend benötigen. Weißt Du das eigentlich, sagt man es Dir oft genug? Denkst Du eigentlich, ich komme nur Dir zuliebe angelaufen, und merkst Du, daß es auch mir zuliebe ist?

Neulich abend, Freitag, wollte ich Dich anrufen, aber auf Station 5 führten sie zwischen sieben und neun Dauergespräche, vielleicht warst Du's selber. Jedenfalls will ich's Sonntag abend noch mal versuchen, vorsichtshalber schrieb ich Dir dies, und dann komme ich mal bald. Daß ich Dir „alles Gute" wünsche, weißt Du ja. Aber weißt Du auch, daß ich immerzu an Dich denke?

Unsere Katze kriegt nun wirklich bald Junge. Wollt Ihr nicht doch so ein kleines schwarzes ... ?

Du, mach's gut, halt Dich.

Deine Christa

61 An Christa Wolf

[vor 9. 4. 71]

Liebe Christa,

ich wollte Dir nur „auf Wiedersehen" sagen, obgleich ich entsetzlich schläfrig bin, weil ich zu viele Schlaftabletten genommen habe; weil ich so viel nachdenken mußte, über moralische Probleme und über das Gespräch für unseren Frühlings-Trip.

Danke für die Dürer-Karte; ich habe den Dicken zwei

Tage lang mit dem Aperçu der Madame de Staël malträtiert, jetzt hält er mich wenigstens schon für eine bedeutende Frau. Aber leiden mag ich auch nicht ... Das heißt, wenn ich die Wahl hätte: es wär mir schon lieber als mich langweilen. Apropos Wahl, der Dicke seinerseits hat mir einen Angelhaken ins Gehirn geworfen, anläßlich [des] Gesprächs über den Wert eines Menschenlebens. Die Möglichkeit, ein gutes Buch herauszubringen um den Preis eines Menschenlebens. Nicht bloß ein eigenes Buch – es dürfte sich auch um die „Anna Karenina" handeln. Ich weiß nicht ... Doch. Ich würde die „Anna Karenina" den Menschen geben; der Dicke, unbeugsam, würde den einzelnen, das nötige Opfer, retten und erhalten. Ist das nicht schon pervertierter Humanismus? (Aber wenn ich diesen zu Opfernden kennen oder nur sehen würde – ?) Wir kamen auch nicht weit, als wir z. B. die Entdeckung der Röntgenstrahlen für jenes große Buch setzten. So verbringt ein Liebespaar seine Sonntage ... Dabei, so abstrus und abstrakt ist die Fragestellung ja gar nicht.

Die Parma-Veilchen blühen ganz prächtig. Merkwürdig, daß man manche Dinge nie bekommt, wenn man sie nicht irgendwann mal von anderen bekommt. Es „verbleibt" einfach. Jahrelang hatte ich z. B. keinen Büchsenöffner im Haus, ungeachtet jahrelanger Vorsätze, endlich einen zu beschaffen. Kurzum, ich wollte sagen, daß ich mich jeden Tag von neuem an den, an endlich meinen Veilchen freue.

Laß es Dir gutgehen. Wie ein schüchterner Schüler möchte ich unten an den Briefrand kritzeln, daß ich Dich liebhabe und daß dieses „laß es Dir gutgehen" kein konventioneller Wunsch ist, obgleich es so klingt.

Grüß Gerd und Tinka Langbein. Sei gesund. Weißt Du, was ich noch extra an Dir mag? Wenn Du Dir so ein orangefarbenes Tüchlein um den Hals bindest.

Deine Brigitte.

P.S. 1 Angst hab ich nun doch nicht vor der letzten Runde.

P.S. 2 Wolfgang hat mir ein Pin-up-Bild von H. S. geschickt, vom „weisen Krokodil", vom „TV-Cover-Boy", der über Benitos Machenschaften brütet, und empfiehlt, mir's übers Bett zu hängen: „Big brother is watching ..."

Eigentlich ist es gruselig. Wenn ein Mann über 40 für sein Gesicht verantwortlich ist ... Welcher Mangel an Distanz zu sich selbst, wenn man nicht mal die Verantwortung fühlt, solche Bilder der Öffentlichkeit vorzuenthalten.

B.

62 An Brigitte Reimann

Klm., 9. 4. 71

Liebe Brigitte,

heute ist ja Karfreitag vormittag, 10 Uhr 30, und ein mildes Lüftchen kommt, vermischt mit dem Gesang irgendwelcher Vögel, zum Fenster rein, und ich bin ziemlich früh aufgestanden und hab Gelatine auf die Torte gegossen (ist aber zu dünn gewesen und durchgezogen), dann meine Kaßlerrolle in den Ofen gestellt, Sauerkraut aufgesetzt, mit der Katze geschimpft, weil sie immerzu die einzig verfügbare Sorte Fisch nicht fressen will und immer noch nicht ihre Jungen abgelegt hat (das wird sie ja nun genau zu Ostern tun), dann hab ich Kaffee getrunken und zu Tinka gesagt, daß sie eine entsetzlich faule Bande ist, aber nun liegt sie immer noch im Bett. (Ich habe den psychologischen Fehler gemacht, ihr anzukündigen, daß sie abwaschen und die Außentreppe fegen soll: Die *ganze*? hat sie entsetzt gefragt und sich sofort in ihre „Junge Frau von 1914" zurückgezogen.)

Gerd ist nämlich nicht da, war bei Ebert in Halle und kommt erst heute abend zurück, und da wollte ich Vormittag mal loslegen und was schreiben, aber dann las ich Deinen

Brief noch mal und fand, daß ich erst mal Dir schreiben könnte, denn ich sehe auf meinem Kalender, daß ich wahrscheinlich nächste Woche nicht werde kommen können, um Deine Fortschritte (im wörtlichen Sinn) zu bestaunen. Frau Matthes gab mir ja diesmal ganz tröstliche Auskünfte, und heute ist der vierte Tag, da geht es doch nun sicht- und fühlbar aufwärts.

Übrigens würde ich bei Eurem Streit – Alternative von Leben erhalten oder großes Werk der Menschheit schenken – wohl auf Rudis Seite stehen. Opfern kann sich zwar einer selber, wenn er meint, aber ein anderer kann keinen opfern für eine Sache. Denn sag, was Du willst, im Vergleich mit einem Menschen ist auch Anna Karenina eine Sache. Na, und Herr Rudi als Arzt *muß* ja unbedingt so denken, wie er denkt, er darf diese Frage nicht mal als Versuchung an sich rankommen lassen. – Mir geht's übrigens immer wieder und, wie ich mit ein bißchen Beklemmung sehe, im steigenden Maße so, daß ich Menschen vor meine Arbeit stelle, daß ich mich einfach den vielen Hilferufen nicht entziehen kann und ziemlich viel Zeit und Gedanken und Kraft daran wende, in irgendeiner Form auf sie zu reagieren. Immer kommt mir der lebendige Mensch wichtiger vor als die Seite, die ich ihm vielleicht „opfere". Jetzt ist es so weit gekommen, daß ich eigentlich irgendwohin aufs Land flüchten müßte, um mal ein paar Wochen in Ruhe arbeiten und in dieses vermaledeite Alpdruck-Buch hineinkommen zu können.

Habe ich Dir mal von der Schwester von Christa T. erzählt? Sie heißt G[...] und ist Lehrerin auf dem Lande, ich kenne sie persönlich nicht, habe nur immer mit Christa viel von ihr gesprochen, ihr Verhältnis zueinander war eng und kompliziert. Diese G[...] nun hat nicht die Fähigkeit, sich selbst und andere glücklich machen zu können. Im vorigen Jahr hat sie sich endlich aus einer langjährigen, am Schluß immer unglücklicheren Ehe gelöst (sie hat drei Jungen), ist in ein anderes Dorf gezogen, der Mann ist ihr nachgefahren und hat sich im vorigen Dezember nach schrecklichen Szenen vor ihren und der Kinder Augen mit einem Jagdgewehr erschossen. Sie lebt noch, weil eben die Kinder da sind, ist in psychiatrischer Behandlung, niemand kann ihr helfen, weil es ihr nicht gelingt, sich der Realität zu stellen, die Motive für die Ereignisse auch in sich selbst zu suchen und damit fertig zu werden. Es scheint noch eine unglücklich anklammernde Gefühlsbindung an einen jungen Mann dazuzukommen, der seinerseits zu keiner echten Bindung fähig ist – kurz und gut, sie schreibt mir schlimme Briefe, vertraut felsenfest auf mein Urteil (sie ist 46!), und ich sehe ganz genau, daß ich ihr überhaupt nicht helfen kann.

Und dann die vielen jungen Leute mit ihren Verzweiflungen, mit ihrer naiven Offenheit, die einem alles mögliche schreiben, Fragen stellen, die man unmöglich genauso offen beantworten kann … Immer das Gefühl, auch beim „richtigen" Schreiben: Steine gab ich statt Brot. Das ist es, was mich wirklich krank macht und was sehr bald aufhören muß.

Jetzt hab ich angefangen, meinen Landsberger General-Anzeiger durchzulesen. Ich kann Dir sagen, es sträuben sich einem die Barthaare. Neulich hatte ich gerade die Nummer nach dem Reichstagsbrand, Anfang März 33. Von heute aus gesehen, liegt alles so klar auf der Hand, sogar aus den Veröffentlichungen der Nazis selbst kannst Du entnehmen, wer den Reichstag angesteckt hat und vor allem, warum. (Am 5. März waren doch Reichstagswahlen, und es war nichts so nötig, als vorher sämtliche kommunistische Reichstagsabgeordenete verhaftet zu haben, usw.) Und die Greuelmärchen, die Herr Göring höchst freihändig erfindet! Die Kommunisten hätten z. B. alles Gift im Reiche aufgekauft, um die Spitzen der Gesellschaft zu vergiften.

Natürlich, das alles kann ich ja direkt nicht gebrauchen, ich will die Sicht des damals sehr kleinen, in Märchen und Spiele verwickelten Mädchens nicht verlassen, aber meine Eltern haben das ja so und nicht anders gelesen und, wie ich annehmen muß, mehr oder weniger geglaubt.

Was gibt es sonst noch? In Berlin steht man zur Zeit an nach: Äpfeln, Knautschlacktaschen, Karten zum „Faust". An Büchern fand ich nichts Besonderes. Die Zahl der Kleiderexquisitläden wächst, da kostet alles sehr teuer, aber die Leute stürmen die Läden. (Ach ja: Nach Schuhen mit breiten Absätzen hab ich sie auch anstehen sehen!)

Gestern abend hab ich mit Tinka ein Spiel gemacht: Man muß lauter Sätze bilden, in denen alle Wörter mit ein und demselben Buchstaben anfangen. Also etwa: Alle alten abgefeimten Amts-Ärsche arbeiten albern aufstoßend auf Adrians armen Altmärkten. – Das geht gut und lange, und am Ende taten uns sämtliche Bauchmuskeln vor Lachen weh. Wenn ich zu obszön wurde, blickte meine Tochter mich strafend an und sagte: Mama! (Betonung auf der letzten Silbe.) Sie rebelliert sehr gegen die „quadratischen Regeln", nach denen man sich von früh bis spät richten muß, und richtet sich, ihre langen Glieder schlenkernd, nur gerade so danach. Sei doch nicht so autoritär, Mama! kriege ich dauernd zu hören, wenn ich die kleine Anfrage zu stellen wage, ob nicht mal wieder Duschewaja fällig wäre. Laß doch jeden auf seine Weise stinken, wenn's ihm Spaß macht! – Dagegen ist ja eigentlich nichts Wesentliches einzuwenden ...

So weit, so gut. Nun laßt uns erst mal schließen und in den Wunsch einstimmen, daß Du mich das nächste Mal, wenn ich komme, auf selbständigen Füßen empfängst, und daß ich dann gar nicht mehr zu kommen brauche, weil Du nämlich zu Hause bist und Rosen pflanzest.

Dies wünscht Dir Deine usw.

Christa

Ich ruf vielleicht Montag mal an. Soll ich noch sagen: „Schöne Ostern?"

Beilage: Ein Luftschiff.

Und: Ein Taubenhaus

63 An Christa Wolf

Neubrandenbg., 10. 5. [71]

Liebe Christa,

das ist der Vorreiter, der einen Brief ankündigt. All die Zeit habe ich mich nicht zu Briefen oder Besuchen entschließen können. Heller Schrecken, als meine gesamte Schriftsteller-Mannschaft hier einbrach: um mögliche ideologische Unklarheiten wegen der Thronfolge zu beseitigen.

Du, das Tischchen ist fabelhaft, und ich rollere es geschäftig herum, am liebsten nach draußen, in die Sonne, wo ich fleißig aussehe und nichts schaffe. Und dabei dachte ich, das Manuskript aus der Klinik brauchte einfach bloß abgetippt zu werden ... jetzt, nach ein paar Wochen, finde ich schon wieder alles blöd. Ach, das Übliche.

Der Dicke mauzt nebenan, aber es ist erst kurz nach sechs, und er darf noch ein paar Minuten „überduseln", wie man hier sagt. Er ist jetzt sehr angespannt im Dienst und abends noch wacker im Haushalt und im Garten, und zum erstenmal seit vier oder fünf Tagen können wir nachts ungestört schlafen. Wir hatten schlimme Wochen (nicht meinetwegen, obgleich ich anfangs wieder tüchtige Rückenschmerzen bekam und mir ab und zu Herzanfälle leiste – aber das war ja vorauszusehen und gewissermaßen eingeplant und wiegt überhaupt nichts gegen das Glück, wieder über eine Straße gehen zu können oder ein Stückchen durch den Wald: wunderschönen Buchenwald am Tollensesee). Unser Nachbar hier im Haus ist schwer, vermutlich unheilbar krank; er ist drei

Jahre älter als ich und sieht aus wie sechzig; fortschreitende Lähmung, Sprachstörungen, immer Schmerzen, ein paar Selbstmordversuche ... es war schrecklich, mitanzusehen, wie er vor sich hin starb; bloß dem Dicken gelang es, ihn mal ins Bett zu bringen oder ihn zum Essen zu bewegen. Die Frau – so eine richtige gelassene Mecklenburgerin – war ewig in Tränen aufgelöst, und versuch mal, jemanden zu trösten, wenn du weißt, daß jedes Trostwort eine barmherzige Lüge ist. Schließlich wurde ich selber hysterisch und heulte herum und beschimpfte den Dicken, weil er es nicht ebenfalls schrecklich und empörend und überhaupt unbegreifbar findet, daß einer stirbt, der noch nicht „alt und lebenssatt" ist, wie's in der Bibel heißt.

Am Wochenende rufe ich Dich an – als Frau B[...] (falls uns der Teufel nicht noch flink ein Bein stellt). Am Freitag heiraten wir, um 1/2 9 – denkst Du dann ein bißchen an uns? O Gott, sicher werden sie diesen sentimentalen Hochzeitsmarsch spielen, und ich werde gerührt sein und voller guter Vorsätze. Weißt Du, manchmal tut mir der Dicke richtig leid.

Leb wohl, Christa, bleib gesund, grüß Tinka und Gerd.

Ganz herzlich
Deine Brigitte

64 An Brigitte Reimann

Klm., 12. 5. [71]

Liebe Brigitte,

so wie dieser gute Rembrandt trinken wir heute – ich hoffe, die Karte kommt am 14. an – ein schönes Glas Sekt auf Euer Wohl. Ihr sollt glücklich sein – was immer das sein mag!

Grüß Herrn Rudi.

Christa, Gerd,
Tinka, Annette.

65 An Christa Wolf

[Nbg., nach 14. 5. 71]

Liebe Christa,

„vermählt“ klingt ulkig, wie? (hat der stolze Familienvorstand entworfen), aber die Predigt über die Keimzelle des Staates war auch ulkig, und die alte Jungfer am Klavier, und die ganze Zeremonie dauerte genau 10 Minuten, und dann standen wir in unseren feierlich schwarzen Anzügen wieder auf der Straße, verblüfft und etwas geniert, und konnten nicht mal Eis essen gehen, weil alle Cafés noch geschlossen waren. Die Mini-Hochzeitsreise entfiel, also auch Station Kleinmachnow; der Dicke hatte nur einen Tag Urlaub. Wir waren nur bei seinen Eltern in Plau und haben uns einen kleinen, schrecklich unmanierlichen Schäferhund geholt, der inzwischen alle meine Tigerlilien gefressen hat.

Seid bedankt für Glückwunsch und Gedenkminuten und herzlich gegrüßt von einer,

Deiner
Brigitte B[...]

(ich höre aber auch noch auf Reimann)

66 An Christa Wolf

Nbg., 22. 6. 71

Liebe Christa,

unser Urlaub ist, gottlob, zu Ende; es war schauderhaft, jeden Tag Regen und Hundekälte und ein ertrunkener Garten vorm Fenster. Das Beste waren der Nachmittag bei C. & G. Wolf und der Tag bei meinen Eltern (Mütter sind drollig, nicht?, sie hat uns die ganze Zeit mit Leckereien vollgestopft, als wären wir noch die ewig hungrigen Halbwüchsigen wie damals). Meine Heimatstadt kommt mir jetzt ganz winzig vor, die Promenade, über die ich immer zur Schule ging, und das ehemalige Gymnasium und die krummen Straßen, die nicht mal den antiquierten Charme haben wie die Gassen am Wall von N. Merkwürdig, mit welcher Beharrlichkeit ich in dem Buch immer wieder auf Kindheit zurückkomme, mit der Sehnsucht wie nach einem Garten Eden (den man, wer weiß, nie besessen hat). Irgendwann werde ich mal Entzauberung betreiben, vielleicht in der Kriminalnovelle, über die ich schon lange nachdenke. Vor ein paar Jahren hat es da einen Mordfall gegeben, der etwas Symptomatisches hat: bestimmte Verbrechen sind nur in einer bestimmten Gesellschaft möglich, in der sich eine bestimmte Moral herausgebildet hat (oder zudiktiert worden ist) und damit eine gesellschaftsspezifische Art von Konflikten, die am schärfsten sichtbar werden im Verbrechen. Nur, das ist ziemlich anfechtbar und ungenau formuliert, und überhaupt sollte ich mich gar nicht erst auf das Glatteis Theorie begeben. Wahrscheinlich hat mich der Fall so fasziniert, weil gewisse Details wie übernommen sind aus der „Amerikanischen Tragödie".

Hast Du schon Diggelmanns „Vergnügungsfahrt" gelesen? Und nochmals Krimi: Irgendwann habe ich Dir mal Chandlers „Langen Abschied" als Reiselektüre mitgegeben. Hast Du den zufällig noch? Gelegentlich einer großen Büchereintreibungs- und -rückgabeaktion habe ich nämlich festgestellt, daß er gar nicht mir gehört, und wenn der Verleiher seinerseits eintreibt, wird's fatal. Bringst Du ihn mit, falls Du am 1. 7. zur Vorstandssitzung fährst? Diesmal werde ich auch dasein (der Dicke muß promotionshalber ebenfalls nach Berlin), obgleich ich fürchte, man wird bloß Zeit absitzen. So anregend und aufregend, wie's der Große Helmut in seiner Rede sagte, waren die Worte an die Künstler ja nun auch wieder nicht. (Aufregender war, daß H. diesmal keinen Kollegen in die Pfanne gehauen hat: ich habe eine Wette verloren).

Heute scheint endlich wieder die Sonne, und ich habe ein

neues Kapitel fertig und finde ein paar hübsche Sätze drin; und gleich geht es mir besser. Von der Frau Matthes soll ich Dich grüßen; sie möchte Dich zu gern anrufen und traut sich einfach nicht. Dabei ist sie als Ärztin – und gegen ihre Chefs – so energisch und auf ihre sanfte Art unbeugsam. Ob Du sie mal anrufst?

Leb wohl, grüß Deine Familie.

Sehr herzlich
Deine Brigitte

67 An Brigitte Reimann

Paris, 2. 9. 71

Liebe Brigitte,

diesen hier haben wir nun heute gesehen, und gestern das Lächeln der Mona Lisa, das wir rätselhaft fanden ... Wir laufen und gucken, nutzen Beine und Augen ab und hoffen, daß man die eingelagerten Bilder später wieder hervorholen kann. Jetzt sitzen wir auf den Terrassen des Place de la Concorde, links der Eiffelturm, gegenüber die Champs Elysées. Es stellt sich heraus, das alles gibt es wirklich. Sei gegrüßt, auch Herr Rudi,

Deine Christa

68 An Brigitte Reimann

Kleinmachnow, 29. 9. 71

Liebe Brigitte,

heute ist ein richtiger Herbst- und Regenmorgen, ganz schön eigentlich, auf beruhigende Weise traurig. Man hätte nicht einmal Gewissensbisse, wenn man ins Bett zurückkriechen und den lieben Gott einen guten Mann sein lassen würde, aber das tut man nicht. Unsere Erziehung ist ja sehr dauerhaft, sogar über die Zeit hinaus, auf die sie nach der

Erfahrung unserer Altvordern eigentlich berechnet war: vierzig Jahre. Denn älter wurden die meistens nicht. Wir aber müssen älter werden und wollen es ja meistens auch, und mir hat sehr, sehr gefallen, was Du alles nicht nur mit Dir hast geschehen lassen, sondern aktiv hinter Dich gebracht hast, damit Du eben älter wirst, und das hast Du nun geschafft, Frau Matthes bestätigt es immer wieder und ist auch glücklich dabei.

Dir aber ist die geschenkte Zeit plötzlich eine Last, und das könnte nur einen überraschen, der selber noch nie einen solchen Einbruch von schwerer Luft in sein Leben mitgemacht hat. Ich weiß ja nicht, was Dein Psychiater sagt. Ich würde Deine Depression „reaktiv" nennen, eine Reaktion auf das Bombardement der letzten zwei Jahre, das nun erst, nachdem die Gefahr vorbei, Wirkungen zeitigt. Vermutlich ist das sehr normal und sogar „gesund", denn wie könntest Du weiterleben und sogar noch weiterschreiben, ohne die Zeit wirklich in Dir verarbeitet zu haben? Das scheint jetzt unterirdisch zu geschehen, vielleicht verlangt Dein Unterbewußtsein eben deshalb jetzt absolute Abkapselung, es will mit Dir allein sein, und den Spaß kannst Du ihm ja gönnen.

Nur was über den Spaß geht, solltest Du doch vorsichtig anfangen zu bekämpfen. Also: Nicht einreißen lassen, daß Du etwas nicht „kannst". Wenn Du nicht auf die Straße gehen *willst*, na bitte schön. Aber mach Dir keine Rechtfertigung dafür zurecht, indem Du Dir einredest, Du *könntest* nicht. Oder versuch Dir klarzuwerden, woher die Angst denn kommt, die Dich daran hindert. Damit ist sie noch nicht verschwunden, aber man kann doch eher dagegen an. Übrigens sagte mir bei einer ähnlichen Situation vor Jahren mal eine sehr gute Freundin, man solle nur geduldig warten, eines Morgens ist die Last von einem abgefallen, und man fühlt sich wieder frei. So war es auch.

Muß ich Dir noch ein paar Gründe aufzählen für Deinen

Zustand? Daß Du seelisch-nervlich kein Herkules bist, weißt Du ja selber. Über Dein Verhältnis zu Dir selbst als Frau und über das der Frau in Dir zu Männern weiß ich nicht viel. Was ich ahne, macht mir um so verständlicher, was augenblicklich in Dir los ist, ohne daß Du es Dir vielleicht selbst bis ins letzte bewußtmachst. Der Weg dazu war ja immer das Schreiben (für Dich so wie für mich). Wenn Du nun absolut nicht schreiben „kannst" – wäre es nicht möglich, daß die Lähmung aus Deinem Unterbewußtsein kommt, das bestimmte Dinge einfach nicht wissen und erfahren und zugeben will, andererseits, da Unaufrichtigkeit zu nichts führt, Dir auch dieser Weg verschlossen ist? Ich glaube nämlich nicht an eine Konzentrationsschwäche durch medikamentöse Einflüsse. Ich denke, daß Du an dem Tag, da Du, ohne an Veröffentlichung zu denken, wieder rückhaltlos offen sein kannst, die Lähmung überwunden haben wirst. Insofern verlierst Du die Tage nicht, an denen Du keine Zeile schreibst. Nur sollst Du Dich nicht dran gewöhnen. Ist nicht das Thema Deines Buches das Erwachsen-Werden? Die Krise, in der Du steckst, ist ja gerade ein mächtiger Schritt dahin, wenn es Dir nur gelingt, sie progressiv zu beenden, nicht durch Rückfall in frühere Stadien Dich herauszuschwindeln. Ist schwer, übrigens.

Manches andere, das sich in Dir konflikthaft zusammenzieht, kann ich mir denken. Vielleicht ist es möglich, daß Du in absehbarer Zeit mal wieder nach Buch fährst, ich würde dann unbedingt versuchen, Dich zu treffen. Ich kann Dich auch jederzeit zu uns einladen, mit Übernachtung und allem Drum und Dran, falls der Rudi mal in die Gegend kommt und Dich bringen würde. Nur weiß ich eben nicht genau, ob eine solche Einladung nach Deinem Sinn ist.

Weißt Du, der Herbst ist sowieso traurig und, je älter man wird, eine Last. *Daß* man älter wird, merkt man besonders in einer Stadt wie Paris, die einem sehr jung vorkommt. Besonders, wenn man im Quartier Latin wohnt, wie wir es taten. Für mich war Paris auch ein Abschied von der Jugend, und zu Hause war ich zuerst sehr niedergeschlagen. Auch, weil mir bewußt wurde – wie immer im Ausland –, daß man an die Lebensbedingungen angepaßt ist, die man nun einmal hat, und daß einem eine radikale Änderung auch innerlich nicht freistünde. Gewohnheit und Bequemlichkeit sind mächtige Kräfte. Ich las, weil ich es zu Korrekturzwecken leider mußte, in der letzten Woche noch mal den „Geteilten Himmel", dabei kam mir an manchen Stellen das große Heulen über die unschuldsvolle Gläubigkeit, die mir damals, vor zehn Jahren, noch zur Verfügung stand. Nicht umsonst ergreift die Dichter um das vierzigste Jahr herum die große Traurigkeit, es ist ja wirklich nicht einmalig, was wir erleben. Aber soll man sich nach Unwissenheit und Unreife zurücksehnen, weil anders Unbeschwertheit ja nicht zu haben wäre? Und warum wollen wir uns nicht auf das, was wir nun einmal sagen können – mag es nicht viel sein, mag es schnell vergänglich sein –, bescheiden und konzentrieren, in der Hoffnung und Gewißheit, daß nicht nur wir selber, sondern dieser und jener andere noch es brauchen werden? Nur zu schreiben, wenn man sich für eine Jahrhundertfigur halten kann, ist blanker Hochmut und führt zu Sterilität. Das habe ich übrigens bei einem schönen chinesischen Essen, leicht beschwipst von Chianti-Wein, zu Hermlin gesagt, der ja mit seiner Familie zur gleichen Zeit wie wir in Paris war und ganz in unserer Nähe wohnte. Er lachte und gab es mir zu: Natürlich ist es Hochmut, da hast du vollkommen recht. Woraufhin ich ihn beschimpfte und er weiterlachte. Wir saßen in der Straße, die er in seiner Novelle vom Maler in Paris beschrieben hat. Auch auf Montmartre, wo er früher wohnte und Weib und Kind hatte, sind wir zusammen gewesen. Die Freiluftmaler dort oben sind abscheulich, und doch ist der Platz, um den herum sie ihre Staffeleien aufstellen, charmant und lustig. Wir saßen da unter roten Schirmchen und aßen Forelle. Wir waren in der Impressionisten-Ausstellung und sahen, daß diese Maler alle Frechheit und Lust am Leben in ihre Weibsbilder hineingemalt haben. Mein Gott, hat mir die „Olympia“ von Manet gefallen! Auf Abbildungen war mir nie aufgefallen, daß zu ihren Füßen eine schwarze Katze mit glühenden Augen sitzt.

Bei der Gelegenheit: Napoleon hat wieder mal entbunden, drei Junge, von denen wir ihr ein Katerchen namens Karlchen gelassen haben, das, sonst rabenschwarz, weiße Pfötchen und einen weißen Strich auf der Stirn hat. Tinka wurde gestern fünfzehn Jahre alt, und was in ihrem Gemüte sich bewegt, ist uns oft rätselvoll. Und ich bin wieder an die Arbeit gegangen, das heißt, ich habe die sechzig Seiten, die ich von meinem neuen Buch schon geschrieben hatte, weinend noch einmal gelesen und weggelegt. Nun bewege ich mich auf Seite acht.

So geht es uns, und alles in allem ist das ja nicht allzu schlecht, wie?

Sei gegrüßt und lebe.
Deine Christa

69 An Christa Wolf

Nbg., 29. 11. 71

Liebe Christa,

den angekündigten Brief kann ich nun doch noch nicht schreiben. Schreckliche Unruhe, aber endlich mit handfester Ursache – wahrscheinlich, oder vermutlich: ich kann's oder will's noch nicht glauben, jedenfalls mir nicht vorstellen. Ich will erst noch mal die Frau Matthes fragen, nur – Du weißt ja, die Ärzte mit ihrem vertrackten Berufsethos, ihrem Schweigen oder den netten Tröstungen, die es einem bloß schwermachen, sich einzurichten und eine Haltung zu erarbeiten.

Kommst Du am 2. 12. zur Vorstandssitzung? Vielleicht wird es sogar ganz interessant (höchste Zeit für eine „Linie“!). Wär schön, Dich mal wieder zu sehen.

Ganz herzlich
Deine Brigitte

70 An Brigitte Reimann

Kleinmachnow, 2. 12. 71

Liebe Brigitte,

zur Vorstandssitzung am Montag komme ich nicht, aus verschiedenen Gründen, an erster Stelle: Arbeit (und nicht an letzter: Eine neue „Linie“ gibt es nicht).

Ob ich Deine beiden Karten verstehe, weiß ich nicht genau. Ich bitte Dich, mir zu schreiben, wenn Du kannst und willst. Ich werde Dir antworten, so gut ich kann.

Ja, das sind dunkle Tage jetzt. Ich glaube, daß es darauf ankommt, sich menschlich zu sich selbst und zu anderen zu verhalten, auf nichts anderes.

Zwischen dem ersten und dem zweiten Teil dieses Satzes habe ich lange überlegt.

Ich grüße Dich herzlich
Deine Christa

71 An Christa Wolf

Nbg., 5. 12. 71

Liebe Christa,

jetzt werde ich Dir einfach mal so einen Plapper-Brief schreiben, nachdem mir in den letzten Wochen jede kleine Briefkarte wie eine schwere, kaum zu bewältigende Aufgabe vorgekommen ist. Eigentlich wollte ich ein bißchen am Manuskript häkeln (aus Pflichtgefühl, immerhin habe ich im Dezember meinen Ablieferungstermin – den wievielten schon? –, und es ist noch kein Ende abzusehen), aber dann habe ich die letztens geschriebenen Sätze gelesen, du lieber Gott, sind die blöd!, und im Grunde interessiert mich das ganze Buch nicht mehr. Irgendwann wird es wohl mal ein „Anliegen“ gewesen sein, aber das war in einem anderen Land, und außerdem sind alle Tiere tot.

Zur Vorstandssitzung fahre ich nun doch nicht. Keine Christa und keine Linie, das ist entschieden zuwenig des Guten. Ich dachte zuerst wirklich, es wär jemandem aufgefallen, daß die Waren auf unserem Büchermarkt die Leute nicht so hinreißen wie eine Lieferung Salamander-Schuhe (Bezirk N. hat keine Schuhe bekommen, dafür Spiegelreflexkameras, unsägliche Kristallvasen und Geschirr – welcher Art, konnte ich nicht sehen über die panisch schiebende und geschobene Menschenmauer hinweg), aber vermutlich gibt es nur eine ernste Mahnung in Sachen Heiterkeit und Lachbedürfnis unserer Menschen, und am Ende läuft es wieder – nüchtern und realistisch, wie das schon immer unsere Art war – aufs Fernsehprogramm hinaus und womöglich auf diesen Millowitsch. Auch das Transportproblem ist ein ernstes, zur Zeit mag ich nicht mit der Bahn fahren, Treppen erklimmen, lange Straßen tippeln; mein Rücken leistet sich wieder allerhand an Schmerzen, und neuerdings werde ich gelegentlich ohnmächtig, ohne Vorwarnung und so überzeugend, daß der Dicke mir erst die üblichen ärztlichen Ohrfeigen und dann eine Spritze gibt, sogar meine Lieblingsspritze, die mit dem netten Hasch-Effekt. Der kleine Jochen mit dem großen Mutterkomplex fährt zwar nach Berlin, muß aber erst die Mutti nach Prenzlau heimfahren (unausdenkbar, wenn sie eine weitere Person weiblichen Geschlechts im Wagen vorfände!), auch eine Rückfahrt wär hinfällig, weil er nach der Sitzung Angelgeräte kaufen muß, und das kann bis zwölf oder eins dauern. Nachts, wohlgemerkt. Ein drolliger Bub von vierzig Jahren. Übrigens pflegt er bei Sitzungen zu schlafen, mit dem unschuldsvollen Ausdruck eines Kindes, der einen versöhnlich stimmen könnte, wenn der nach einer Manuskriptlesung pünktlich Erwachte nicht sofort parteiliche Kritik üben oder – wie zu Freitags hübschem Märchenspiel – derartige Sätze von sich geben würde: Man kann nur über das schreiben, was man erlebt hat.

Na, eine Abschweifung. War nicht von Autofahrt die Rede? Unser Wagen fällt leider auch aus, er hat die letzte Ähnlichkeit mit einem Auto verloren, als der Dicke in einen Massen-Unfall verwickelt wurde, bei Nebel und Glatteis scharf bremsen mußte, um nicht ein paar Schock-Geschädigte zu überfahren, die plötzlich vor dem Kühler herumtanzten, einen wenn auch sanften Salto schlug und im Straßengraben landete, auf dem Rücken resp. auf dem Dach. Er selbst entstieg ohne eine Schramme und – versteht sich – ohne Schock den Trümmern, deshalb konnte ich es mir leisten, schallend zu lachen über die abstrakte Plastik, die jetzt im Garten steht. Aber mißlich ist es doch, merken wir allmählich, schon wegen meiner lädierten leiblichen Hülle; zwar haben wir Nachricht bekommen, daß der Dicke nächstes Jahr seinen Wartburg abholen kann, den er vor sieben Jahren, als Student, bestellt hat, aber für den Kauf fehlen uns genau 18.000 Mark. Die restlichen 600,– haben wir bereits gespart, seit ich die Wirtschaftsführung übernommen habe, aber das war schon ein rechtes Kunststück: bei einer Invalidenrente und Rudis Gehalt [...]. Also wenigstens ein Grund, mein Buch zu Ende zu schreiben ... Lewerenz war ordentlich beglückt, als er mich zum erstenmal nahezu kaltschnäuzig von Geld reden hörte; tatsächlich habe ich in all den fetten und dürren Jahren keine Beziehung zum Geld gehabt (Honorare waren so was wie Geschenke vom lieben Gott) und mit dem naiven Ernst der Siebzehnjährigen, die dazumal mit ihrer ersten Erzählung in den Verlag und zu dem ebenfalls blutjungen, ebenfalls naiv-ernsthaften Lewerenz kam, immer um irgendwelcher Anliegen und um literarischer Ehren willen geschrieben. Ach ja, man glaubte eine unendliche Strecke Zeit vor sich zu haben, Zeit zur Reife, zum Schreibenlernen …

Heute ist ein Adventsonntag, der aber gar nicht vorweihnachtlich anmutet, zum erstenmal seit Wochen scheint die Sonne, allerdings tückisch (für die Augen einer pingeligen Hausfrau), mit dem überscharfen schrägen Lichteinfall, bei dem man jedes Staubkörnchen auf den eben entstaubten Möbeln sieht und, falls man einen Spiegel zur Hand nimmt, jedes Fältchen um die Augen … Der Dicke liegt nebenan, liest O'Henry, frißt krachend Unmengen von Äpfeln und sieht rund und zufrieden und unerlaubt jung aus. Er ist heute ganz besonders nett, vielleicht auch ein bißchen aus Reue, weil er Freitag wieder einen Mordsrausch hatte. Die Herren Schriftsteller haben bei uns geskatet, und der Dicke hat mal wieder die Gelegenheit genützt, Sakowski zu beschimpfen wegen seiner Arroganz, seiner Art, andere Leute zur Servilität herabzuwürdigen, und der Willfähigkeit, mit der er auf einen Wink von oben seine Stücke schreibt bzw. – wie jetzt im Falle der „Verschworenen“ – umschreibt. Aus irgendeinem Grund, den ich noch nicht durchschaue, haben die beiden ein Faible füreinander, und der Großfürst läßt sich von R. die erstaunlichsten Sachen bieten, sogar zustimmend und mit Anzeichen von schlechtem Gewissen. Aber das ist ein weites Feld; manchmal dauert er mich mit seiner überlackten Unsicherheit und all den Komplexen, die er sich selbst eingehandelt hat.

Vorhin hatten wir ein paar Schwatzstunden … Stendhal und verfilmte Stendhal-Romane und Gérard (Leukämie oder Magenkrebs? darüber konnten wir uns nicht einigen); die Arroganz der jungen Ärzte, die sich immer öfter darüber beklagen, daß die Leute nicht mehr mit gebührender Achtung zu ihnen aufschauen ... ach, diese jungen Burschen, immer noch ihrer Studentenzeit verhaftet, noch nicht gereift zu Güte und der melancholischen Weisheit eines Gummel, beispielsweise; selbst flapsig zu ihren Patienten (was man ihnen freilich kaum verdenken kann: bis zu 200 Patienten pro Tag statt der laut Kennziffer vorgesehenen 60 oder 70), zu oft besoffen, törichterweise in aller Öffentlichkeit, in einer Kleinstadt, in der jeder jeden Arzt kennt und registriert, wie oft und in welch unfeinem Zustand der Große Medizinmann aus dem Hotel getorkelt kommt ... ferner genüßlich-sehnsüchtiges Gerede über Schmuck ... Wir wollen Mutti einen Ring schenken, ein zauberhaftes Dingelchen, das ich am liebsten für mich selbst haben möchte, aber für zwei Ringe langt es halt nicht, also soll ihn meine Mutter bekommen (die natürlich nie gewagt hat, so einen Wunsch anders als träumerisch zu äußern). Unser Familienschmuck ist 45 dahingegangen; ich habe in meinem Buch die Geschichte erzählt, weil sie zur kuriosen Haltung einer bürgerlichen Welt gehört: als Kind habe ich bloß die Brillanten bestaunt, funkelndes Märchenzeug – später, als Erwachsene, die Haltung dieser Besitzbürger zum Krieg, der alte unantastbare Gesetze dreist verletzte. Damals sah ich meine gelassene, heitere kölnische Großmutter zum erstenmal einigermaßen außer Fassung: die Sieger hatten schlankweg die Bank geknackt und den Schmuck ungestraft kassiert, man stelle sich vor – aus Frau B.s Tresor, aus der absoluten und versiegelten Sicherheit ...

Übrigens fiel mir bei der Schmuck-Debatte ein, was S. am Abend zuvor erzählt hatte vom Diplomaten-Shop im Berliner Centrum: er klopft an eine Stahltür, zeigt seinen Ausweis, wird eingelassen, sieht eine Dame, die gerade mit einer ordinären Bewegung den Reißverschluß ihrer Super-West-Silastikhose hochzieht, sieht Hände und Arme mit mindestens fünf Pfund Gold überladen, mehrere Armbänder und Reifen übereinander, an jedem Finger einen schweren Ring, hört den Streit zwischen den Damen G[...] und H[...], um einen Persianer mit Silberfuchs ... wer gesiegt hat, weiß ich nicht mehr, vielleicht die Dame G. mit dem halben Kilo Gold an den Pfoten. Wackere neue Welt! Er hat's sehr spaßig erzählt.

Die Sonne rutscht weg, der Dicke schreit vor Hunger; Zeit, den Plapper-Brief abzuschließen. Am Mittwoch fahre ich nach Buch zur Untersuchung und werde dabei auch Frau Matthes besuchen. Die BL hat mir einen gewissermaßen personengebundenen Wolga zur Verfügung gestellt. Ein bißchen bange ist mir schon: ich will den Dr. Rieche oder Frau Matthes nun doch mal ernsthaft befragen. Du kannst Dir wohl denken, weshalb ich in letzter Zeit einigermaßen verwirrt bin, mal zu albern, mal zu traurig, manchmal desinteressiert an aller Welt (gefährlich, muß bekämpft werden): wir haben eine kleine Wohnung, dünne Wände, zufällig habe ich mitangehört, wie Ärzte über meinen vorgeblichen Bandscheibenschaden sprachen (offenbar haben sie meine Krankengeschichte gelesen, schon aus Neugier, weil ich das Weib eines Kollegen bin). Wahrscheinlich habe ich selbst nie an diese Bandscheiben-Mär geglaubt; trotzdem war es im Moment ein tüchtiger Schock. Inoperabler Krebs im Rückenwirbel, soviel ich verstanden habe, d. h. ein Herd, und der fällige Prozeß ist bloß gestoppt durch die Operationen.

6. 12.

Liebe Christa,

ich bin ein Idiot. Erstens habe ich gestern doch, trotz aller Verdrängungskünste, ein Thema angeschnitten, das besser unberührt bliebe, und zweitens habe ich den Brief unterbrochen und wollte heute früh weiterschreiben, und nun ist inzwischen die Krebsfürsorgerin hier gewesen, und auf einmal bin ich wieder ganz tief unten. Die Fürsorgerin (eine freundliche, dabei energische Frau) setzt natürlich voraus, daß ich über meinen Zustand Bescheid weiß – na, und jetzt weiß ich es auch wieder. Ich konnte mich gerade noch so lange zusammenreißen, bis sie gegangen war, und dann sprang mich die Angst an, und ich heulte, und ich hätte auf die Straße stürzen mögen und allen zuschreien, daß es ungerecht ist, und daß ich leben will, nichts weiter als leben, sei's unter verrückten Schmerzen, aber auf dieser Welt sein ... Dieses Gefühl, etwas Unabwendbarem ausgeliefert zu sein, nur noch eine bemessene Zeit zu haben ... Zwei Jahre? Fünf Jahre? Jedenfalls befristete Zeit, und dieses Bewußtsein einer Frist ist das Schlimmste.

Herrgott, warum versucht man sich immer wieder zu betrügen? Gestern hätte ich es Dir noch wie nebenhin erzählen können, als Vermutung, als möglichen Irrtum darstellen, wär jedenfalls voller Hoffnung gewesen wie in den Gesprächen mit dem Dicken: natürlich hatten wir uns auf die Maximalzeit geeinigt, und natürlich hatten wir uns gegenseitig davon überzeugt, daß inzwischen das Wundermittel entdeckt, erprobt und angewendet wird.

Damals, nachdem ich das Nebenzimmer-Gemurmel von Lebenserwartung gehört hatte, habe ich den Dicken zur Rede gestellt, und auf einmal fing er an zu weinen – zum Glück, denn nun konnte ich an ihm herumtrösten. Der arme Junge. Er weiß es schon seit März und hat all die Zeit geschwiegen ... Nachher hat er seine Tränen bitter bereut, und jetzt tröstet er (aber ich versuche wirklich, ihm höchst selten Gelegenheit dazu zu geben), mal wissenschaftlich, mal mit kläglichen Witzen, die Rosen betreffend, die ich als alte Dame auf seinem Grab pflanzen werde. Nur einmal leistete er sich einen Gefühlsausbruch und gestand, daß er bei unserer Hochzeit zum Sterben verzweifelt war, weil er während der ganzen erbaulichen Rede („Bund fürs Leben" und so) daran denken mußte, daß er seine Erste und Einzige in ein paar Jahren verlieren wird.

Also, jetzt hör ich wirklich auf, Dich zu malträtieren. Ich hatte mir doch vorgenommen, gute Haltung zu wahren ... Ach, zum Teufel mit Haltung, wenn du in der Hölle sitzt. Übrigens wird es morgen schon wieder anders sein. Der Alltag, ein Haufen Arbeit, Weihnachts-Einkäufe, Dutzende unbeantworteter Briefe ... Und eben fällt mir ein, daß ich Dir wahrscheinlich nicht mal was Neues gesagt habe.

Leb wohl, Christa, sei gesund und grüß die Deinen.

Ganz herzlich
Deine Brigitte

72 An Brigitte Reimann

Kleinmachnow, d. 10. 12. 71

Liebe Brigitte,

nach Deinem Brief hatte ich einen großen Zorn auf die jungen Ärzte von Neubrandenburg, aber nun sage ich mir, nicht jedem gibt der liebe Gott mit einem schweren Amt auch die dazu nötige Reife. Ich weiß, daß Du inzwischen bei Frau Matthes warst und daß Du gestern bei uns angerufen hast, Tinka hat richtig ausgerichtet, was Du ihr bestellt hast („Was is'n los?" hat sie gefragt).

Der letzte Satz in Deinem Brief war eine halbe Frage, wahrscheinlich habe ich Dir gar nichts Neues gesagt, schriebst Du, und das ist ja auch, wenn ich richtig verstehe, ein Herumsuchen nach Leuten, die nicht mitspielen bei dem allgemeinen Täuschungsspiel, in das Du Dich plötzlich verstrickt sahst (halb und halb darum wissend, glaube ich). Also gut. Ich habe über den Verlauf Deiner Krankheit so viel gewußt, wie Frau Matthes Dir vorgestern erzählt hat, und ich hätte mir, wenn die Behandlung nicht so über alles Erwarten glücklich ausgegangen wäre, wie sie es nun ja wirklich ist, genau überlegt, ob man die vielgepriesene und manchmal ganz einfach gemeingefährliche „Offenheit" unter Freunden Dir gegenüber walten lassen solle, müsse, dürfe. Manchmal, wenn jemand sehr stark ist und noch etwas Wichtiges zu tun hat, soll man, glaube ich, die Verschwörung des Schweigens brechen – wenn man ihn wirklich für gefährdet hält. Wahrscheinlich wärest Du für mich ein solcher Mensch gewesen. Ich konnte aber nicht einsehen, was eine unnötige Beunruhigung, ein nachträglicher tiefer Schock, eine Mitteilung von der Art, wie sie ja auch der Reiter über den Bodensee nicht ausgehalten hat, irgend nützen sollte. (Nützt sie nun, da sie auf so kriminell fahrlässige Weise erfolgt und überstanden ist, vielleicht doch? Ich weiß es nicht.)

Immer habe ich gedacht, irgendwann einmal, in Jahren, werde ich Dir eine Geschichte erzählen, die mit Solshenizyn wirklich passiert ist. Du weißt ja, daß er schwer an einem Carzinom erkrankt war. Jetzt, vor zwei, drei Jahren, hat ein berühmter Spezialist in Leningrad seine alten Röntgenaufnahmen gesehen und dazu bemerkt, jetzt fange er doch an, die amerikanische These zu glauben, daß psychische Momente bei der Heilung auch dieser Krankheiten eine große Rolle spielen; denn der Mann, zu dem dieses Röntgenbild gehört, hätte nach menschlichem Ermessen nicht gesund und arbeitsfähig neben ihm stehen dürfen. – Solshenizyn nahm diese Mitteilung gelassen hin und bemerkte nur: Wer hätte denn das schreiben sollen, was ich zu schreiben habe?

Damit will ich sagen: Den glücklichen Verlauf Deiner Gesundung führe ich mit darauf zurück, daß es in Dir einfach keinen Funken von Selbstaufgabe gibt und daß Du ein zähes Luder bist und nicht zuläßt, daß etwas in Dir abstirbt, psychisch nicht und organisch auch nicht. – Ich bin ganz gewiß das Gegenteil von einem Mythomanen, aber daß beim Entstehen und Überwinden von Krankheiten noch andere

Prozesse eine Rolle spielen als diejenigen, die man unter dem Mikroskop sehen kann, das ist mir unerschütterlich gewiß (zum Teil durch Selbstbeobachtung).

Schade um die schlimmen Wochen, die Du hinter Dir hast. Oder doch nicht ganz? Haben sie dazu beigetragen, Euch beide, Herrn Rudi und Dich, tiefer aneinanderzubinden, oder wie man das sonst, weniger hochtrabend, nennen könnte?

Du solltest schnell Dein Buch zu Ende stricken, um Geld zu kriegen (denn die „abstrakte Plastik“ in Deinem Garten läßt sich ja wohl auch nicht melken), aber auch, um zu sehen, daß es Leute geben wird, die darauf gewartet haben und es lesen wollen. Und dann ran an die Sachen, die sich inzwischen in Dir angesammelt haben, und zwar ohne Pardon, verflucht noch mal ...

Ich strick auch jeden Tag mein kleines Pensum runter und fange endlich an, mich richtig in das Buch zu verfitzen. Überdies ist mir seit dem Nachmittag bei Hager, wo ich nach langer Zeit wieder mal zwei Tönchen von mir gegeben habe, wohler, ein Gefühl von größerer Souveränität, weiß auch nicht, wieso. Durchschauen macht Spaß, findest Du nicht? (Sich selbst durchschauen macht nicht immer Spaß, aber das eine kann man ohne das andere nicht haben, das hat die weise Mutter Natur sich ganz schön teufelhaft ausgeklügelt, damit man auch ja immer genausoviel bezahlt, wie man kriegt). Tinka spielt neuerdings Tag und Nacht „Ach bittrer Winter“ auf der Triola, und zwar die dritte Stimme, und unsere schwarze Katze Napoleon spricht ausgerechnet auf dieses Instrument und auf diese Melodie hervorragend an, so daß sie Tinka auf Schritt und Tritt hinterherfolgt oder ihr sogar gierig auf den Schoß kraucht, während sie spielt, und dieses ist ein vorzüglicher Anblick („Black and white will rebuild the world“). Annette studiert zu fünfundzwanzig Prozent und beschäftigt sich zu fünfundsiebzig Prozent mit ihrem Ehemanne, und Gerd schickt Dir mit gleicher Post sein Bobrowski-Buch, sozusagen zu Weihnachten.

Falls ich vorher nicht mehr schreibe, begnüge Dich mit diesem Weihnachtsgruß, und grüß auch Deinen Mann.

Deine Christa

73 An Christa Wolf

Nbg., 18. 1. 72

Liebe Christa,

ganz flink, bevor der Dicke nach Hause kommt (um halb fünf ist der Tag so gut wie gelaufen; von da ab muß ich Frau, Hausfrau, schlimmstenfalls Fernseh-Mitzuschauerin sein). Heute habe ich endlich mal wieder was an meinem Buch geschafft; sonst waren es immer bloß zwei, drei Zeilen, trotz oder vielleicht wegen acht Stunden unentwegten Herumsitzens über der Schreibmaschine – scheußlich, wahrscheinlich hab ich jede Beziehung zu dem Stoff verloren, die Personen sind mir einfach abhanden gekommen, ich hab andere Probleme, zu schweigen von dem irren Zustand der letzten Monate. Mit der Krebserei bin ich ja nun endlich fertig geworden (hoffe ich jedenfalls; Rückfälle sind natürlich möglich), auch mit der Verzweiflung über den Dicken, vielmehr über seine Sauferei. Zwei Tage vor Heiligabend (haben wir um diese Zeit nicht miteinander telefoniert? Ist das wirklich so lange her? Irgendwie ist mir das Zeitgefühl verlorengegangen) – damals also hatten wir eine große Aussprache, und er hat endlich gemerkt, daß es mir ernst ist mit Trennung – also schön, ich bin keine richtige Frau, und Arbeit ist mir immer, trotz ebenfalls verlorengegangenen Ehrgeizes und nun gar der Illusion, jemals eine gute Schriftstellerin zu werden, im tiefsten Grunde wichtiger als ein Mann [...], und nun haben wir schon ein paar Wochen ganz friedlich miteinander gelebt – bloß, daß ich nun immer für ihn dasein muß. Das hat so seine Schwierigkeiten, nun ja. Besser, man wär als Mann auf die Welt gekommen. [...]

Übrigens ist es inzwischen längst sechs durch (die Margarete war hier [...]), und der Dicke ist nicht aufgetaucht [...]. Gott steh mir bei. Wenn das Theater wieder von vorn anfängt ... Dabei kann er so nett sein, und vielleicht ist, was er braucht, sehr viel Güte und Zärtlichkeit und eine Schulter zum Anlehnen ... ach, und ich dachte, jetzt hätte ich, nach meinen drei – jeder in seiner Art – schwachen Männern endlich mal einen, an dessen breite Brust ich mich betten kann.

Na, genug von dem Privatkram. Was mich viel mehr aufregt: Politik wird wieder spannend, ich meine jetzt nicht die große – die ist's schon lange –, sondern die mittelgroße, in unseren Bruderländern z. B., über die mich das ND leider nur mit zwölf Zeilen unterrichtet, und die noch kleinere und die klitzekleine, nämlich in Neubrandenburg, welches sich seine eigene Linie leistet, scheint's. Verwirrend, wenn man so wenig informiert ist, der Hintergrund dunkel bleibt.

19. 1.

Liebe Christa,

gestern mußte ich aufhören, war todmüde von der Schinderei mit dem Manus [...].

Was ich gestern schreiben wollte: also Verwirrung, ich sehe nicht mehr durch (oder habe immer noch nicht verstanden, was Dialektik ist). Der Bukowski-Prozeß (wie gesagt, ich weiß nicht mehr, als mein ND mir an Information zugesteht), aber ein unbehelligter Solshenizyn. Glückwunsch und Würdigung für Dahlem, auf der ersten Seite – ich traute meinen Augen nicht: zum erstenmal las ich im Parteiorgan von falschen Anschuldigungen ... Natürlich kenne ich Dutzende solcher Fälle, die Schlotterbecks, ein paar Freunde und Bekannte von mir (mein Fall – als ich damals, 56, tagelang verhört wurde – ist dagegen ein Kinderspiel, und dank Eingreifen irgendwelcher höheren Mächte blieb es bei der Drohung mit Knast), und Margaretes damaliger Liebster hat mit D. in einer Zelle gesessen, verdonnert zu vier Jahren für ein – unbewiesenes – Vergehen, das einem heute ganz unglaubhaft vorkommt als „Vergehen". Nach zwei Jahren hat ihn Brecht, dessen Schüler er war, rausgeholt, aber nicht wieder am Theater eingestellt, und er hatte auch Verbot, in einem volkseigenen Betrieb zu arbeiten. Ja, wir haben es gewußt oder später erfahren, und wie wir damit fertig werden, ist nun unsere Sache – aber daß dergleichen auf der ersten Seite des ND offiziell erwähnt wird ... Frage: Wen interessieren die alten Geschichten noch? Die Älteren vielleicht, und unsere Generation, weil es zu dem gehört, was uns geformt hat, und die Betroffenen, Reiner z. B. (mit dem ich endlich wieder Verbindung habe). Aber die Jüngeren? Ich versuchte, mit Rudi und seinen Kollegen, Altersgefährten, darüber zu sprechen, und sie begriffen gar nichts, auch nicht die – mögliche – Bedeutsamkeit dieses Satzes in der Würdigung, und der Name D. sagte ihnen nichts. Irgend jemand hatte so eine dunkle Erinnerung ... Nichts weiter. (Bei der Gelegenheit wie bei manchen ähnlichen ist mir wieder mal bewußt geworden, was unser Altersunterschied, den wir sonst doch nicht zur Kenntnis nehmen, bedeutet: wirklich ein gravierender Generationsunterschied.)

Und was Kulturpolitik betrifft – keine Ahnung. Hier in N. sieht sie etwa so aus: Neulich hatte ich mal wieder einen klaren Tag und ging zur Verbandssitzung, an der auch unsere Kulturchefs von Bezirksleitung und Rat des Bezirks teilnahmen, warum, merkte ich erst, als Ebert seinen Bericht von der Parteiversammlung gab und von Tauwetter sprach, und ich sagte: Na fein, für Tauwetter war längst höchste

Zeit, und auf einmal klappten ihnen die Kinnladen runter (sie hatten es ein bißchen anders gemeint, versteht sich), und dann war die Rede von „gewissen Leuten in Berlin", die wieder Morgenluft wittern, von bedenklichen Filmen – Egon Günthers „Der Dritte" z. B. – und höchst bedenklichen Büchern, im speziellen Fall von Lipatows „Mär vom Direktor P.", das die Parteigruppe lesen und diskutieren wird (ich habe es inzwischen gelesen und vergebens auf die Bedenklichkeiten gewartet, dieser Kerl P. gefällt mir sehr, ein richtiger Sibirjak, aber irgendwo muß doch der Teufelsfuß sein, denn als ich das Buch kaufte, fischte die Buchhändlerin, die mir immer die interessanten Bücher aufhebt, den Lipatow aus den Tiefen eines Klappschränkchens und sagte leise: Zuerst ging es gar nicht, aber jetzt spricht es sich rum.), und dann begrüßte die Parteigruppe nachdrücklich und nachträglich jenes 11. Plenum (ein exquisites Stück in meinem Archiv), das ich stets die „Hexenjagd" genannt habe und nun auch wieder nannte, und dann gab es einen grandiosen Krach, und ich stand mutterseelenallein, bloß der Große S. sprang mir mal bei, als es ums Fernsehprogramm ging (denn doch zu viel billige Schwänke und Krimis für unsere lach- und schaulustigen Menschen) und um den Büchermarkt, den wahrlich traurigen, und S. nannte ausdrücklich Dich, d. h. den „Geteilten Himmel" als eines, vielleicht das einzige der Bücher, die uns damals erregt (welches erregt einen heute noch?) und dabei heute noch Bestand haben. Offenbar habe ich fürchterliche Ketzerei betrieben – und dabei fand ich es so normal: die Forderung nach Weltoffenheit (die mit dem Hinweis beantwortet wurde, daß unsere jungen Leute in die SU fahren können) und nach Reisemöglichkeit für unsere Bürger („aber wir können doch nicht die Grenzen ..." etc. und Wohlgemuth: „Deine Christa natürlich, die kann sich ja leisten ... und für die Schriftsteller fährt Wiens – Reise-Paule, haha") und nach besserer Information. Klar, daß ich Information für alle meinte, aber das mißverstand der Kulturchef, oder wollte es mißverstehen, und sagte: „Wenn Ihr mal Informationen braucht, könnt Ihr zu uns kommen, und wir geben Euch Material."

Und so fort. Übrigens noch eins zu dem Lipatow, anläßlich dessen Roman unser Parteisekretär gelassen das große Wort sprach: „Wir können ja schließlich nicht alles von der Sowjetunion übernehmen. Die drehen auch Filme, die wir hier nicht zeigen können, und schreiben Bücher, die wir hier nicht veröffentlichen können." Soviel zu unserer Linie.

Eigentlich wollte ich Dir noch zu Gerds Buch schreiben, obgleich ich es noch nicht mal zu Ende gelesen habe, weil ich mir dagegen so entsetzlich mickrig vorkam. In gewissen Phasen der eigenen Arbeit kann einen die Begegnung mit Literatur eher niederschmettern als erheben. Übrigens war das Buch hier sofort vergriffen, auch in den umliegenden Städtchen, und ich will deshalb einer Freundespflicht nachkommen und eine Bitte äußern, obgleich ich es aus mehreren Gründen für hoffnungslos halte: der Lindemann ist ganz verrückt nach dem Buch und klappert selbst die Dörfer ab und kann es nicht bekommen und läßt bescheiden anfragen, ob Ihr vielleicht zufällig noch ein Belegexemplar ... oder wenigstens einen Tip, wo man es auftreiben kann ... Na, erstens werdet Ihr längst keine Exemplare mehr haben, zweitens haltet Ihr vermutlich nicht gerade große Stücke auf L., und das tat ich früher auch nicht, aber in den letzten Monaten haben wir uns ganz gut angefreundet, und siehe, er ist nicht bloß ein netter Bursche, sondern hat mehr Substanz, als man zuerst erwartet, und ist der einzige hier, der es wagt, sich mit dem Großfürsten anzulegen, ordentlich hart und konsequent, und nun erst seine Frau ... Von der habe ich Dir bestimmt schon vorgeschwärmt. Sie ist ihm weit überlegen, eine kluge und sensible und überdies – für meinen

Geschmack – sehr schöne Frau. Die einzige hier, mit der mich Freundschaft verbindet, nachdem wir uns monatelang schüchtern umschlichen haben.

„Eigentlich“ habe ich im vorigen Absatz geschrieben, weil ich nun Schluß machen muß, statt mich über Gerd und meine Freude über einen neuen Schriftsteller zu verbreiten [...].

Ach, Christa, da quatsche ich von N. und bin in Wirklichkeit ganz verzweifelt und ratlos. Trotzdem und erst recht werde ich mich jetzt auf mein Manus werfen, zu dem ich keine Meinung mehr habe: mal finde ich, es steckt voller Kompromisse, mal bin ich selbst bestürzt über gewisse Szenen, die mir mit Sicherheit gestrichen werden (ihr Fehler: sie sind aus der Wirklichkeit entnommen).

Sieh mir nach, wenn ich schludrig geschrieben, ungenau formuliert habe, es ist ein Monolog an Dich, ins unreine gesprochen.

Grüß Gerd und Tinka, seid gesund; was ich Euch für Eure Arbeit wünsche, wißt Ihr ohnehin.

Ganz herzlich
Deine Brigitte

Herrje, und Deine Bücher habe ich Dir noch nicht zurückgegeben, einfach verkramt. Verzeih mir. Ich schicke sie Dir.

74 An Brigitte Reimann

Klm., 6. 2. 72

Liebe Brigitte,

sei nicht böse, wenn auf Deinen ausführlichen literarischen Brief so eine kurze Karte kommt. In der letzten Woche mußte ich zwei Tage in Berlin herumflanieren, bei Gesprächen mit Leitern, beim PEN-Club, bei einer unergiebigen Diskussion über Jugendforschung im Aufbau, beim Rundfunk (wo ich eine Lesung aus „Lesen und Schreiben" machte, höre und staune), bei Annette, die bis nachts um eins mit mir reden wollte, und zu guter Letzt bei einem sehr guten und interessanten Bildhauer, der uns schöne Zeichnungen zeigte. Wieland Förster. Dazwischen kramte ich im Sperrmagazin der pädagogischen Zentralbibliothek mit Erfolg nach Nazi-Schulbüchern und probierte in den diversen teuren Berliner Kleiderboutiquen – ohne Erfolg, gottseidank – irgendwelche Sachen an. (Freitag abend hört man im Centrum-Warenhaus am Alex jetzt genausoviel polnisch wie deutsch). Dann waren gestern die Schmidts aus Hoyerswerda da, und danach hatte und habe ich ein ununterdrückbares Schlafbedürfnis. – Übrigens, Frau Matthes hat ihr Baby, eine Ulrike, ein bißchen klein (nur 5 Pfd. 200 g), aber gesund.

Es gäbe zu dem letzten, kulturpolitischen Teil Deines Briefes einiges zu sagen (aber, eben nur zu *sagen*). Die Problematik mit Deinem Rudi aber macht mich stumm – wirklich weiß ich dazu kein Sterbenswörtchen. Denn: Wenn Du es nicht mehr machen könntest, wärst Du nicht mehr da …

Du, sieh mir diese Aneinanderreihung nach. Ich hab auch schon acht, meist Geschäftsbriefe, geschrieben. Leb recht wohl.

Deine C.

75 An Christa Wolf

Nbg., 13. 2. 72

Liebe Christa,

ich bin beschämt, daß ich so hemmungslos an Dich hingeschwatzt habe: ich strapaziere Deine Geduld mit privaten Kümmerchen, während Du andere, viel gewichtigere Sachen um die Ohren hast (nicht bloß Besuche und Wühlerei in Kleiderboutiquen; letzteres täte ich auch gern, darf aber nicht – hier wird gespart, der Teufel weiß, wozu). Nur noch soviel: R. trinkt nicht mehr so viel, trotzdem geht's schief mit uns. Wenigstens habe ich mir so viel Selbstbewußtsein zurückerobert, daß ich mir Wutausbrüche leiste, die ihn dann doch schockieren, und irgendwas zertrümmere, was gerade zur Hand ist. Merkwürdig, bis vor kurzem habe ich Angst vor ihm gehabt ... Jetzt bin ich am Rande der Gleichgültigkeit, möchte wieder frei sein, meine einstigen Freunde um mich haben statt dieser dußligen Ärzte, und vor allem arbeiten, und zwar jeden Tag und so lange ich nur irgend kann. Kurz und brutal gesagt: ein Mann stört mich. Ich will dieses Buch zu Ende schreiben; schreckliche Quälerei (immer nur ein paar Zeilen am Tag), teils aus Versagensangst, teils aus Gewissensgründen. Jetzt schreibe ich – fast hätte ich gesagt: ohne Kompromisse. Stimmt aber nicht, die Selbstzensur funktioniert noch.

Wieder Korrespondenz mit Reiner. Eine Begegnung, abendlanges Gespräch mit Wolfgang, einem sehr gealterten, sehr müden Wolfgang, der zum erstenmal (und wir sind immerhin schon nahezu 20 Jahre befreundet) ebenfalls hemmungslos beichtete: private Schwierigkeiten („es ist eine alte Geschichte" ... zwei Frauen, beide ihm gleich lieb; übrigens wird er zu seiner Frau zurückgehen, aus Anstand, dabei todunglücklich), Schreib-Unfähigkeit, Resignation ... Ich habe Dir ein paar Briefe von ihm gezeigt, Du weißt einiges von seinen Kämpfen, denen bei allem Ernst immer etwas Ironisches anhaftete – jetzt ist er es müde, glaubt nicht mehr an Möglichkeiten zu ändern. Unendliche Traurigkeit, als er fort war; meine Generation, ein Teil meiner Vergangenheit, unsere gemeinsamen, vorwiegend politischen Abenteuer (56 sollten wir auch gemeinsam in den Knast – na, das ist eine Geschichte für sich). R. ging damals noch zur Schule.

Aber vielleicht sollten wir jetzt wieder einmal tief durchatmen? Du bist wieder da, sogar in effigie („Sonntag"), Dein Essayband ist im ND angekündigt, laut Großfürst hast Du oder wirst Du R. aufsuchen, [?] Rückgewinnung eines Fischer-Betreuten für Aufbaus oder sonst wen. Eine Menge interessanter Informationen von S. (der jetzt natürlich auch findet, Hacks sollte auf unseren Bühnen gespielt werden ... o süße Vergeßlichkeit. Siehe S.-Rede auf dem 11. Plenum.). Dum spiramus ... Unausrottbare Hoffnung. Aber wenn es zu spät wäre für uns, die Vierzigjährigen? Ein paar werden's schaffen, und Du wirst dazu gehören, da bin ich ganz sicher. Aber die, die auf der Strecke geblieben sind ... Und für die Frühreifen (W. war 25, als er „Thunderstorm" schrieb; ich war 18, als ich diese „Frau am Pranger" heulend kritzelte) – für uns ist der Zug wahrscheinlich durch.

Kommst Du zur Vorstandssitzung? Bleib gesund, Christa, grüß Gerd und Tinka und sei ganz herzlich gegrüßt von

Deiner Brigitte

76 An Christa Wolf

Nbg., 1. 3. 72

Liebe Christa,

verzeih mir, daß ich mit so unendlicher Verspätung die Bücher zurückgebe. (Päckchen verschnüren – höchstens zu Weihnachten.) Ich wollte sie Dir zur Vorstandssitzung mitbringen, mußte aber schwänzen, hab wieder blödsinnige Schmerzen.

R. ist für vier Wochen zu einem Lehrgang, gottlob, und ich bin in strenge Klausur gegangen, hab sogar alle Vorhänge zur Straße zugezogen. Ich muß unbedingt was schaffen in dieser Zeit – ich glaube, alle unsere Probleme haben ihre Wurzel in diesem Scheißmanuskript, zumal seit ich mir Gewissen leiste (na, so große Worte ...) und allerhand Unfreundliches schreibe, leider nicht gekonnt, finde ich: muß erst wieder gelernt werden, nehme ich an.

Bleib gesund, liebe Christa; ich wünsche Dir sehr, daß Du mit Deiner Arbeit vorankommst.

Grüß Gerd und Tinka.

Ganz herzlich
Deine Brigitte

77 An Christa Wolf

Nbg., 18. 3. 72

Liebe Christa,

zwar ist es spät, zwar bin ich so gut wie tot (dies als einleitende Entschuldigung für Tippfehler, Übermüdungs-Redseligkeit und was dergleichen zu erwarten ist), aber ich muß doch noch ein bißchen an Dich hinreden, zuerst jedoch danken für den Essay-Band. Du, ich bin so froh für Dich ... ja, und egoistisch froh für mich, weil ich ihn jetzt doch habe, festhalten, behalten und wieder nachlesen kann, den wunderbaren Aufsatz vom Lesen und Schreiben, der sich, seit ich das Manuskript damals gelesen habe, unverlierbar eingeprägt hat: die Medaillons ... und die Vorstellung eines Lebens ohne Schneewittchen ... und – bis unter die Haut, wie man so sagt – Raskolnikow (und wirklich, mich fröstelt, ganz wörtlich gemeint, wenn ich ihm, oder Dostojewski, oder Dir nachgehe, die abgezählten Schritte bis zu jenem Haus, die Treppe hinauf ...) und die Hunde und die hochbusige Dame: aber hier, bei diesen Details, wird Erinnerung gestützt durch eine andere Erinnerung: die Lesung damals, weißt Du noch?, und die bestellten Quaker und (leicht besoffenen) Frager und Ännes Zwischenrufe, mit ihrer Sandrock- oder Kognak-Röhre.

In der Buchhandlung ist der Band übrigens nicht zu bekommen. Eine winzige Auflage? Ich bin so allerhand Gerede nachgegangen: tatsächlich ist das Buch gar nicht in den Laden, jedenfalls nicht auf den Ladentisch gelangt, sondern bloß an „Kunden“ verschickt worden (was für welche? keine Ahnung, bin doch selbst getreuster Stammkunde). Was das andere betrifft, was Du auf Deiner Karte andeutest – ich könnte auch nur mit Pünktchen antworten und hoffnungsvoll skeptisch behutsam gemalten Kringeln, Fragezeichen etwa. So viele Pünktchen und Fragezeichen haben sich schon lange nicht mehr in meinem Tagebuch herumgetrieben. Man starrt so in den Himmel, den lieblich blauen, und späht nach einem gewissen dunklen Pünktchen. Gott schütze England (wie der selige K. zu sagen pflegte), wenn der Bumerang zurückkommt. Alles schön, alles erfreulich, aber ein bißchen unheimlich wie dieser allzu warme März. Im Garten drängelt sich allerlei Grünzeug aus der Erde, und man möchte sich immerzu in der Sonne räkeln, Blumen säen und des Harms (und möglicher Nachtfröste) vergessen.

Heute ist Sonnabend, ich bin allein, der Jürgen „muckt“ irgendwo an der Ostsee (macht sich einen Nebenverdienst als Diskjockey), der Dicke ist übers Wochenende nicht nach Haus gekommen, sondern zu seiner Schwester gefahren, gottlob, und ich kann arbeiten und arbeiten und schaffe sogar jeden Tag mein Pensum, wenn auch bei vierzig Karo, ohne Essen (vergesse ich einfach) und überhaupt völlig verschlampt – aber ich fühle mich wohl dabei, Schmerzen werden ignoriert ... bloß manchmal, um die Wahrheit zu sagen, ist mir himmelangst: nach einem Weg in die Stadt bin ich wie in Stücke gebrochen, und dann möchte ich laut heulen, aber wozu? Jammer ohne Publikum ist bloß das halbe Vergnügen. Warte ich eben, bis der Dicke wieder da ist; so mag er mich: hilflos, seinen starken Armen überliefert, ausgeliefert, kurzum, Patientin, Pflegling, Schutzbefohlene, Kindlein-Ersatz. Bloß keine selbständige Frau mit eigenem Kopf ... Armer Junge! Er ist mit einer Schreibmaschine verheiratet, manchmal dauert er mich, weil ich bloß noch das Buch im Kopf habe, weil ich ihn merken lasse, daß er mich stört, weil ich seine Eifersucht auf meinen Beruf durchschaue: die alte Geschichte, er ist tief unzufrieden mit seiner blöden Hygiene, gibt es endlich selber zu, möchte aussteigen, darf aber nicht, hätte Lust zur Chirurgie, darf aber keine Lust haben, wird anderwärts gebraucht, muß sich strengen Bestimmungen unterwerfen. Nach dem letzten Debakel habe ich ihm fleißig zugeredet: noch mal von vorn anfangen, wenig Geld – was tut's? Hauptsache, er ist zufrieden in seiner Arbeit. (Aber keine Aussicht; ich habe schon beim Ärztlichen Direktor vorgefühlt.) [...] Übrigens, wozu sparen? Auto können wir uns doch nicht leisten, wären jetzt im März drangewesen, hatten aber nicht annähernd die vorauszuzahlenden zwei Drittel der Kaufsumme, macht nichts, ich finde den ganzen Wohlstandskram jetzt so unwichtig – Bücher, ja, und vielleicht mal wieder eine schöne alte Uhr, und ein paar Klamotten, die dann doch bloß im Schrank hängen, weil jetzt die Niethosen-Zeit wieder anbricht [...] eine alte Liebe von mir ist wieder aufgetaucht – der Sohn von der Neumann, weißt Du, den sie vom Institut geext haben –, ein hochbegabter Junge; damals, als er eine Zeitlang in N. wohnte, haben wir uns nächtelang gestritten, er im Namen der Sprache (aber Sprache bloß um der Sprache willen, Prosa an sich, und Kafka human, und die Klassiker inhuman), ich im Namen des Engagements, und jetzt also ging es weiter, eine Nacht und einen Tag lang geredet, ohne Schlaf – „ums Leben geredet", wie er es nennt –, über Schreiben und Gott und Tod und wieder über Schreiben (und zwei Stunden mindestens allein über das Semikolon, das eben mehr ist als irgendein Satzzeichen, Du verstehst), wir haben uns beide ein bißchen verändert, sind aus unseren Festungen herausgekrochen, gehen aufeinander zu, haben uns jedenfalls verstanden, und das ist schon was: nicht bloß Worte wechseln, und sogar was Krähen anlangt ... Als er fort war, dachte ich ihn in eine Traumschublade einzusperren, zwei Tage einfach aus dem Kalender herauszunehmen und aufzubewahren ... aber Menschen passen nicht in Schubladen, melden ihre Existenz: er schreibt wunderschöne, aber höchst beunruhigende Liebesbriefe, will dieser Tage wiederkommen, aus Leipzig, zum Wochenende, ausgerechnet, wenn der Dicke ... also, da hab ich mich mal wieder in aller Unschuld in die schönsten Komplikationen verwickelt und weiß nicht, wie herauskommen, freue mich, fürchte mich ein bißchen, brauche so ein Gespräch (für das Herr R. viel zu irdisch ist, leider oder gottlob), aber brauche keinen Liebhaber. Und dann wollten wir zu einer gewissen kleinen Kirche nahe bei N. gehen, und auf einen Dorf-Friedhof und in ein Eichenwäldchen, das sommers ganz von Efeu überwuchert ist, und das alles ist dicht beim Düsenjäger-Flugplatz und trotzdem weitab. Schade. „Wär schön gewesen, Jake“, sagte sie. Oder: „Aber das war in einem anderen Land, und außerdem sind alle Tiere tot.“ Meine Lieblingszitate. Wackerer alter Paps Hemingway.

Inzwischen ist R. zu seinem Lehrgang zurückgefahren, [...] und ich habe endlich die Geschichte vom Prozeß des Herrn Trojanowicz zu Ende schreiben können (nach den Modellfällen Kunze und Loest), hört sich arg an, jede Einzelheit stimmt, trotzdem ist es so unglaubwürdig ... Ich habe es als eine Art Protokoll geschrieben, Rückerinnerung Franziskas an die von T. erzählte Geschichte, mit ihren Kommentaren, Fragen, Zweifeln einer zehn Jahre Jüngeren (nach meiner Erfahrung mit der Dahlem-Würdigung, die keiner meiner jungen Freunde zu würdigen wußte: irgendso'n Veteran, nie gehört).

Übrigens scheint das ganze Zeug gar nicht so miserabel geschrieben zu sein, wie ich die ganze Zeit dachte. Wir hatten neulich eine Lesung im kleinen Kreis, ein paar Freunde, Lese-Menschen mit Anspruch, auch welche, die bloß meinen alten Kram von früher kannten. Also, es kam an (ein Ausdruck, der vor falscher Bescheidenheit geradezu brüllt, wie?), lange Diskussion – wirklich ermutigend, wenigstens für diesen einen Abend. Aber sobald man dann wieder an die Maschine kriecht ... Und kein Ende abzusehen. Und mit Gewalt geht's nicht, kann den Bogen doch nicht in der Mitte oder im letzten Drittel einfach abbrechen.

Neulich hatten wir ein paar schöne alte Atlanten hier, die der Dicke für einen Kollegen verkaufen sollte. Richtige Kupferstiche, das Ganze ziemlich putzig, weil auch Menschenrassen und Tiere und so – 1830, glaube ich, das wär vielleicht was für Gerd gewesen, aber teuer, 150 etwa. Trotzdem, wenn sie Euch interessieren, kannst Du sie ja mal angucken, wenn wir uns – hoffentlich – in Berlin und bei der lieben Frau Matthes sehen. Ihr letzter Brief war süß: das Baby, das hübscheste, intelligenteste Baby, das sich denken läßt. Und damals war sie bloß erstaunt, sogar ein bißchen befremdet über ihren Bauch, hat das künftige Geschöpf gar nicht recht zur Kenntnis genommen über all ihrer Arbeit. Vielleicht ist einem doch, unwiderruflich nun, etwas ganz Wichtiges entgangen, eine Frauen-Erfahrung, die ein Leben abrundet. Klingt blöd, aber Du verstehst schon. Was man so alles verpaßt hat ... Trotzdem, und sei's mit einer Träne im Augenwinkel, werde ich mir das Dingelchen besehen (am liebsten mag ich, wenn so was von Herzensgrund gähnt).

Ich schreib Dir oder rufe an, sobald ich meinen Buch-Termin habe. Leb wohl inzwischen, genieß den – wenn auch verdächtigen – Frühling, grüß Gerd und Tinka Langbein und sei ganz herzlich gegrüßt von

Deiner Brigitte

78 An Brigitte Reimann

Klm., 31. 5. 72

Liebe Brigitte,

ich wünschte so sehr, daß es Dir schon etwas besserginge, während ich dies hier schreibe. Es ist halb neun Uhr morgens, ich sitze in meinem Zimmer, allein, mit Ausnahme der schwarzen Katze, die eben an die Tür gekratzt hat und nun in halsbrecherischer Weise aus meinem Fenster nach den Vögeln guckt, von denen sie nie einen fängt, zum Glück. Aber sie kann es nicht lassen, sich über sie aufzuregen – welch tiefsinniges Gleichnis für unser Unvermögen und unsere Aufregungen –, über immer die gleichen Vögel.

Um halb sieben bin ich wie immer aufgestanden, war aber schon länger wach, hatte schon Leskows „Teufelsaustreibung" gelesen, eine schöne Geschichte, rund und fest wie eine Glaskugel, wie wir sie niemals fertigbrächten. Dann also Duschewaja undsoweiter, und dann Tinka, die ja nach mir als erste raus muß. Ich hatte die harte Aufgabe, sie zu bewegen, mir ein Interview mit ihrer Klassenlehrerin zu vermitteln, weil, wie wir über eine andere Lehrerin hörten, Tinkas Klassenlehrerin über sie, Tinka, seufzt: Sie sei widerborstig, hochfahrend, schwierig zu handhaben. Was bei einem Teil der Lehrer sicherlich zutrifft. „Die haben absolut keinen Humor, weißt du, und fühlen sich immer gleich persönlich angegriffen." Keiner sieht ihr ihre Unsicherheiten und Selbstzweifel an, nicht ums Verrecken, dann lieber noch einen drauf. (Jetzt wälzt sich die Katze vor Behagen in einem Sonnenfleck auf meinem Teppich!) Lernen macht ihr keinen Spaß zur Zeit, sie findet es „uneffektiv", „nur für die Lehrer". Und dann natürlich ihr Hang zum Komischen, zur Karikierung anderer, was ja nicht jeder versteht ...

Nun ja, sie wurde also mit Cornflakes und Vitaminen vollgestopft und unter mütterlichen Ermahnungen (die gottbewahre nicht wie Ermahnungen aussehen dürfen, sondern wie kumpelhafte Ratschläge) zur Türe geleitet, wo sie sich eine überdimensionale Sonnenbrille auf die Nase stülpte, damit ihre Lehrer sie endlich „seriös" finden sollen.

Dann Frühstück für die übrige Familie. Annette ist augenblicklich für eine Woche bei uns, weil ihr S[...] in Taschkent ist. Langsam wächst ihr Bäuchlein, sie beobachtet es mit Stolz und Verwunderung. Ein Arzt hier, bei dem sie sich krank schreiben ließ, um sich in Ruhe auf ein paar Prüfungen vorzubereiten, bestand darauf, daß sie, wenn schon krank, sich auch ein paar Vitaminspritzen abholen müsse. Da sollte sie nun heute früh hin, unter Stöhnen über ihre autoritäre Erziehung, die es ihr leider eingeprägt habe, solchen sinnlosen Aufforderungen zu folgen ...

Bei mir ist es so: Seit zwei Monaten aste ich an dieser Geschlechtertauschgeschichte rum, es macht mich bald wahnsinnig, Vorfassungen habe ich schon hier und da mal gelesen, und gestern habe ich nun noch mal ganz neu angefangen. Ich will wahrscheinlich wieder mal zu viele Fliegen mit der Klappe dieser Geschichte schlagen, nicht nur den falschen Emanzipationsbegriff, der bei uns grassiert, sondern auch gleich noch den falschen Wissenschaftsbegriff – rein empirisch, positivistisch und daher antirevolutionär, konservativ, inhuman –, und noch, zum Teil daher stammend, die Liebesunfähigkeit so vieler Männer, die natürlich, angesichts dieser Partnerbeziehungen, auch auf viele Frauen übergreift. Wenn sie es nicht vorziehen, unglücklich zu werden.

Was wir da auf unserer Tournee in Senftenberg, Lauchhammer, Hoyerswerda alles gehört haben! Ich habe den Eindruck gewonnen, die arbeitenden Frauen (*nicht* Funktionärinnen) sind das revolutionärste Element in unserem Staat. Ihre Lage ist genügend schwer, ihre Belastung manchmal enorm. Nun bin ich ja gar kein Männerhasser und Weiberaufhetzer, aber in diese gärende Unzufriedenheit ein bißchen Bewußtheit zu bringen, wäre schon nötig – auch für die Männer, die natürlich unseren Protest möglichst als Ressentiment abtun wollen. Wie ein Teil der Frauen, die sich angepaßt und eingerichtet haben, auch. – Ist Dir übrigens schon aufgefallen, daß unsere Gesellschaft dabei ist, eine neue Arbeitsteilung einzuführen: Die Männer das Reale, Mathematik, Naturwissenschaft, und damit zusammenhängend eine gewisse Verachtung solcher Mystifikationen wie Kunst und Literatur, die nun wieder die Frauen, die ja „immer Probleme haben", die ja immer „ihr Herz ausschütten" wollen, für sich mit Beschlag belegen. In Betrieben, wo alle gleichzeitig Schichtschluß haben und die Frauen danach noch eine zusätzliche Belastung erwartet, sind sie es in der Mehrzahl, die zu „Dichterlesungen" kommen. Schöne Aussichten, wenn alles, was das wirkliche, konkrete Leben betrifft, die Beziehungen zwischen den Menschen und das Interesse dafür, als unwissenschaftliche, unsachliche Gebiete von den Männern weit weggeschoben werden.

Auf welche Weise sich in diesen ganzen Dingen in Zukunft echte Fortschritte erzielen lassen, wird mir immer fragwürdiger, je mehr wir durch materielle Erleichterungen (die natürlich nötig sind) oberflächlich befriedigen, ohne eine wirkliche Problematik zu sehen und öffentlich zu diskutieren. Wahrscheinlich werden sich auch die freundschaftlichen Umklammerungen der Großen auf uns Kleine auswirken – insofern ein jeder in seinem Reiche noch ungestörter schalten und walten kann als bisher. Das ist der Preis des Weltfriedens (da muß ich auflachen: Weltfrieden!) im Zeitalter der Atombombe. Gestern fragte mich ein Lehrer: Warum schreiben Sie eigentlich immer noch? Ich verstehe Sie nicht.

Aber das ist Unsinn. Ich kenne keine sinnvollere Art, seinen Tag zu verbringen. Es sei denn, man ginge so weit zu behaupten, in einem allgemeinen Irrationalismus gebe es keine sinnvolle Arbeit. Ich denke nicht so, beobachte aber das Umgreifen einer solchen Stimmung bei Jüngeren.

Interessiert Dich das alles überhaupt? Hast Du noch diese blödsinnigen Schmerzen? Obwohl ich alle Vorbehalte verstehe, die Du jetzt gegen Buch hast, solange die Matthes nicht dort ist, solltest Du Dich da vielleicht doch mal wieder zeigen. Man kennt Dich dort doch gut, hat Deine ganzen Befunde, weiß, wie Du reagierst und so weiter. Meinst Du nicht?

Liebe Brigitte, ich breche ab, es kommen schon wieder andere Abhaltungen, und dann wartet das Manuskript. Ich grüße Dich sehr herzlich.

Deine Christa

Gruß auch an Rudi.

79 An Christa Wolf

Nbg., 1. 6. 72

Liebe Christa,

heute morgen ist Dein Brief gekommen; jetzt ist es Mittag, die Sonne läßt sich endlich mal wieder sehen, und ich würde am liebsten in den Garten gehen und Blumen säen, hoffnungsvoll fürs nächste Jahr, kann aber nicht, jämmerliches Kriechtier. Doch, ich bin – Schmerzen hin oder her – durchaus aufgelegt, über das Verhältnis Mann–Frau nachzudenken, und vermutlich kommt am Ende so ein Satz heraus: Schade, daß keine nette schwarze Katze neben mir liegt – Katze ist besser als Mann. Du siehst, ich bin mal wieder ziemlich down des Dicken wegen, mag nicht arbeiten und hab miserabel geschlafen oder vielmehr so gut wie nicht geschlafen, weil dieses Ungeheuer – kaum ein paar Tage zu Hause – schon wieder in die Flasche gefallen ist. [...] Und ich war so glücklich allein, und wir – meine Freunde und ich – hatten uns so gefreut auf einen B[...]-losen Juni mit abendlichem Terrassen-Geschwätz und Dillbutter-Orgien ... alle meine alten Freunde, voran der Jürgen und die schöne Lindemann, die jeden Tag gekommen sind, froh, dieses Arzt-Gelichter hier nicht mehr anzutreffen, das uns für intellektuell oder einfach spinnert hält.

Ob es zutrifft, daß die Männer sich immer mehr aufs Sachliche zurückziehen und den Frauen das „Schöngeistige" überlassen, wage ich nicht zu beurteilen – weil es auf den mir bekannten Kreis von Leuten zutrifft: also unterstelle ich mir subjektive Sicht und scheue vor Verallgemeinerung. Ich weiß nur soviel, daß mich die meisten Männer – die „Linken" nehme ich aus – nach kurzer [Zeit] entsetzlich langweilen, weil sie nichts zu bieten haben außer ihrem Fachwissen. Und sage mir keiner, ihre vernachlässigte Bildung sei Folge von Überbelastung und Zeitmangel: jedenfalls haben sie allemal noch Zeit für ihre befremdlichen Männer-Zerstreuungen, Fußball (via Fernsehen) oder Skat oder dergleichen.

Wenn ich mich heute mit der Geschlechterfrage befassen müßte, würde ich einer – wie mir scheint – wachsenden Ehe-Unlust der Frauen nachspüren. Freilich bedürfte es dazu exakter Analysen – möglich, daß ich in Wahrheit nur sehe, was ich sehen will. Subjektiv gefärbte Beobachtungen, empirisches Zeug ...

Einerseits rekrutiert sich der Kreis der Frauen, mit denen ich näher bekannt, womöglich befreundet bin, aus Personen (nein, besser: Persönlichkeiten), für die ich eine Antenne habe, Du verstehst; andererseits arbeiten sie in den verschiedensten Berufen, sind also keine Schreibweiber, die zwecks Dichten allein sein wollen. Was ich von ihnen allen höre (auch von denen, die einen erfreulichen Ehepartner haben): sie sind geradezu beglückt, wenn ihr Mann zu einem Lehrgang oder Kongreß fahren muß und wenn sie allein sind (falls Kinder dasind, gehen sie ihnen weniger auf die Nerven als sonst), sie sind entspannter, heiterer, und Du kannst mit Sicherheit von jeder den Satz hören: Endlich mal Zeit zum

Lesen ... Ich kann nur vermuten, warum dieses Aufatmen ... Was z. B. meine Schwester und die Lindemann und mich angeht: wir haben weniger Haushaltsarbeit (Männern mangelt es meist an Ordnungsliebe – die Sünden ihrer Mütter! –, und wenn sie helfen, z. B. kochen, gibts vielleicht eine gute Mahlzeit, aber in der Küche herrscht das nackte Chaos), wir fühlen uns nicht verpflichtet, unsere Männer abends zu unterhalten oder an ihren Unterhaltungen teilzunehmen, die auf ihre Interessen zugeschnitten sind; wir müssen keine aufwendigen Essereien veranstalten; wir können Freunde besuchen oder einladen, die unseren Männern aus irgendeinem Grunde nicht genehm sind etc.

Wirklich, ich glaube, ich bin kein Sonderfall mit meinem Junggesellentick. Als R. fort war (leider nur diese ersten drei Wochen seiner geplanten Ausbildung), habe ich unvergleichbar mehr geschrieben als sonst, viel mehr gelesen, zum ersten Mal seit langem wieder Schallplatten gehört, meine geliebten Blues[platten] (die er traurig findet) und Beethoven und Bach (die ihn langweilen), der Fernsehapparat war im Ruhestand ... Drei Punkte: drei Seufzer.

[...] heute abend fährt mich die Gitta Lindemann ins Kino, „Leuchte, mein Stern". Wenn der Film so gut ist wie sein Ruf, werde ich die zwei Stunden schmerzlos überstehen.

Liebe Christa,

bloß noch ein paar Zeilen; ich liege im Bett und möchte brüllen vor Schmerzen [...] – gestern [war ich] im Kino, daher der schreckliche Rückfall – aber gelohnt hat es doch. Iskremas, der Maler Fedja, diese Bilder ... Ich habe immer abwechselnd geweint und gelacht. Eine wunderbare Geschichte.

Hinterher [...] Szene mit R. Wenn ich bloß ausreißen könnte, wegziehen von hier, weit weg von meiner letzten

Hoffnung auf Geborgenheit, einen gütigen Menschen ... Die ewigen Vorwürfe wegen meines Egoismus (in der Arbeit, für die Arbeit). Ich will mich von ihm trennen, aber mir graut vor dem ganzen äußeren Kram. [...] Wenn der liebe Gott ein bißchen Einsicht hätte und mir für ein paar Monate Bewegungs-Fähigkeit schenken würde! Aber nach Buch fahre ich doch nicht, könnte es auch nicht, die Fahrt würde ich nicht überstehen.

Leb wohl, Christa, ich hab wieder zuviel von mir geredet, zu dumm. Aber wes das Herz voll ist – und einem anderen kann ich nicht mal solche Andeutungen machen: ich schäme mich.

Grüß Gerd und die Vitamin-Tinka und sei ganz herzlich gegrüßt von

Deiner Brigitte

[...]

80 An Christa Wolf

Nbg., 5. 6. [72]

Liebe Christa,

nur ein paar Zeilen des Dicken wegen: es tut mir heute leid, daß ich so böse über ihn geschrieben habe. Was weiß ich, warum er manchmal so gräßlich reagiert ...

Jetzt ist er jedenfalls wieder engelhaft, und das wollte ich Dir bloß sagen, damit Du nicht so ein schwarzes Bild von dem merkwürdigen Kauz hast. Seit ein paar Tagen bin ich völlig zerschmettert, kann nicht mehr laufen und habe unglaubliche Schmerzen – und seither ist der Dicke wieder wie damals, trägt mich herum und hegt und pflegt mich wie ein krankes Kind, und er geht auch keinen Schritt mehr aus dem Haus. Vielleicht braucht er das, weißt Du, so ein Geschöpf, das der Hilfe bedarf. Ich glaube, es sieht ziemlich böse aus. Gestern sah ich ihn weinen, den armen Jungen. Zum erstenmal bin ich auch tief verzweifelt – aber das gehört nicht hierher. Meine Widerstandskraft ist alle.

Und diese Sonne, und die Blumen draußen – und ich kann nicht mal bis in den Garten. Arbeiten mag ich auch nicht mehr, kann auch nicht mit den Spritzen. Jetzt fange ich doch an zu jaulen. Also leb wohl, liebe Christa, und sei herzlich gegrüßt von

Deiner Brigitte

81 An Christa Wolf

Nbg., 13. 6. [72]

Liebe Christa,

ich kritzele bloß ein paar Zeilen, weil ich wegen dieser blöden Schmerzen nicht aufrecht sitzen kann. Gestern waren wir also in Buch. Keine bösartigen Veränderungen, gottlob, aber Bestrahlungen soll ich wieder kriegen; die Strahlenleute konnten sich bloß noch nicht einigen, welche Dosis ich noch vertragen kann. Also ein paar Tage Galgenfrist, die mir gelegen kommen; zufällig läuft's ganz gut mit der Arbeit. Und vielleicht muß ich nicht mal stationär – alles belegt, und für eine Bestrahlung pro Woche ins Krankenhaus wär ja doof. Die V ist auch nichts mehr, seit die liebe Matthes fehlt. Ich habe die Änne besucht, die so schnell wie möglich die Kurve kratzen will. Sie ist guter Dinge, aber verärgert über gewisse Entwässerungs-Tabletten (deren Wirkung sie drastisch beschrieb) und Rauchverbot. Die Oberschwester hat sich nämlich das Rauchen abgewöhnt und übt sich seither in Belehrungen.

Halt mir die Daumen, daß es bei gelegentlichen Kobalt-Besuchen in Buch, womöglich in Templin bleibt (Sakowski will mir in diesem Fall einen Wagen besorgen), bleib gesund und sei ganz herzlich gegrüßt von

Deiner Brigitte

82 An Brigitte Reimann

Kleinmachnow, 20. 6. [72]

Liebe Brigitte,

dies ist ein ganz verregneter Sommer, nicht? Heute gegen Morgen gab es ein mächtiges Gewitter, ganz nahe, und vor einer Woche hatten wir ein Hagelungewitter, daß die alten Leute sagten: So etwas gab es in Kleinmachnow noch nicht. Die Blätter von Pflanzen waren ausgefranst oder durchlöchert, und die kleinen Äpfel sahen pockennarbig aus.

Wir waren in der Zeit nicht hier, sondern ein paar Tage in Prag. Es ist rätselhaft, wie die sich wieder aufrichten sollen.

Bekommst Du schon Bestrahlungen? Man will und wird doch sicher die Schmerzen damit angehen können, nicht wahr? Es ist so schwer, etwas anderes dazu zu schreiben, als daß ich viel an Dich denke.

Ich schicke Dir mal diese Geschichte mit, mit der ich mich sehr gequält habe. Du wirst ihre Macken selber merken. Ich bitte Dich nur, sie niemandem sonst zu zeigen und sie mir so schnell wie möglich zurückzuschicken, ich brauche das Manuskript. Jetzt grab ich mich durch einen Postberg durch, und dann endlich wieder meine Kindheitsmuster.

Wir fahren diesen Sommer höchstens 2 Wochen nach Polen, was aber noch nicht sicher ist. Sonst bleiben wir hier und auf unserer Prieros-Datsche. Falls Du nicht nach Buch gehst, werd ich doch mal einen Abstecher nach Neubrandenburg einplanen.

Sei herzlich gegrüßt
Deine Christa

83 An Christa Wolf

Neubrandenburg, 26. 6. [72]

Liebe Christa,

hab schönen Dank dafür, daß Du mir die Geschichte („Geschichte" sage ich nur aus Gewohnheit; bei Dir tendiert ja alles zum Essay, und mir fällt kein Gattungsbegriff für diese Denkerzählungen ein) gegeben hast und verzeih meine Säumigkeit; ich konnte jeden Tag nur ein paar Seiten lesen wegen Schmerzen und Bestrahlungen und ewigem Erbrechen, und da letzteres fröhlich weitergeht, kann ich Dir nur einige Zeilen schreiben.

„Macken"? Doch, ich glaub schon, aber die werden zugedeckt durch Sätze, die einen ganz heftig treffen, wie nur, [wenn] jemand es formuliert, was man selber bloß verschwommen empfunden hat, oder durch Bilder (etwa: die Frau, die wie eine zusammengerollte Katze in ihm – oder ihr – schlief; – das vergißt man nicht). Über die Zeit der Entdeckungen als Mann muß ich erst noch nachdenken, aber mir scheint doch schon, daß die Geschichte nach der 20. Seite etwa an innerer Spannung und Spannkraft nachläßt, so daß das Gefühl zurückbleibt, die schärfste und treffendste Aussage sei schon damit getan, daß es bei dem Experiment darum geht, eine Frau in einen Mann zu verwandeln, nicht etwa umgekehrt, und daß es gerade diese beinahe Un-Frau ist (ich drücke mich arg überspitzt aus), die es wert ist, ein Mann zu werden.

Und der Schluß, ich meine die Frage und die drei Worte als Antwort – Du, das habe ich einfach nicht verstanden. Bist Du sicher, daß das von innen her stimmt? Schade, daß ich die Geschichte anderen nicht zeigen sollte; ich hätte andere, Frauen und Männer, zu gern darüber befragt, überhaupt darüber geredet. Also hast Du etwas ganz stark bewegt ...

Genug. Der Kritikaster zieht sich jetzt wimmernd ins

Badezimmer zurück. Überhaupt ist dieses Gestammel und das Kritzeln (in unbequemer Lage) nicht zumutbar.

Wenn ich doch wieder nach Buch muß (vielleicht in 3–4 Wochen), dann mußt Du mir unbedingt etwas zu dem Schluß sagen.

Übrigens wirst Du wieder einen Haufen Leute aufregen.

Leb wohl, liebe Christa, grüß die Deinen, bleib gesund und sei ganz herzlich gegrüßt von

Deiner Brigitte

84 An Brigitte Reimann

Kleinmachnow, 1. Juli 72

Liebe Brigitte,

ich weihe gerade meine für 75 Mark reparierte und auseinandergenommene und in Petroleum gereinigte Schreibmaschine wieder neu ein, daher auch an Dich das Gedruckte.

Ich will Dir gleich danken, daß Du bei allem, was Dich hätte hindern sollen, doch die Geschichte gelesen und was dazu geschrieben hast. Ich muß es mir noch mal durch den Kopf gehen lassen, auch, was andere noch sagen werden, zum letzten Drittel und zu den „zwei Worten". Da werde ich sicher was deutlicher machen müssen. Und daß die Geschichte essayistische Züge hat, ist ja in meinen Augen ein Nachteil, den ich aber trotz vieler Fassungen nicht weggekriegt habe. Nun denn, in Gottes Namen, ich hab ziemlich genug von Weiberemanzipation augenblicklich.

Wenn Du wieder nach Buch kommst, bin ich zur Stelle. Wenn nicht, besuch ich Dich in Neubrandenburg. Ich will Dir nicht verhehlen, daß es mir schwerfällt, Dir zu schreiben, wenn es Dir so dreckig geht, daß ich aber andererseits dauernd das Bedürfnis habe, es doch zu tun. Denn irgendwelche billigen Tröstungen zu geben, scheu ich mich. Mir ist immer gegenwärtig, daß von einem bestimmten Grad von Schmerzen an, die einer hat, alles andere billig wird, Innen- und Außenleben einer sonst interessierenden anderen Person eingeschlossen.

Es ist ein merkwürdiger Sommer. Wenn ich Gedichte machen könnte, würde ich eines machen, das die Überschrift hätte: Stillhalteabkommen. Man hat uns ziemlich deutlich zu verstehen gegeben, daß es auf uns nicht so besonders ankommt, finde ich. So ein schwebendes Gefühl von Nicht-Verantwortlichsein stellt sich ein und fördert merkwürdigerweise neue Bezirke von Freiheiten zutage, die ein allzu Verantwortlicher sich einfach nicht nimmt. Wird, auf diesem Umweg, also doch wieder zu einer erweiterten Verantwortung. – Bei uns ist es viel zu kühl, und viele Güsse gehen nieder, von denen die Kleinmachnower am nächsten Morgen immer sagen: So was hat es in Kleinmachnow noch nie gegeben. Komisch, ich bin kein Kleinmachnower, überhaupt kein ...ower oder ...ner. Wo ich zu Hause bin, könnte ich nicht sagen, obwohl ich heute schon weiß, daß es mir schwer fallen wird, aus diesem Haus mal wieder rauszuziehn, was aber nötig werden wird. Bis dahin soll ein Buch fertig werden, das ich vielleicht noch mal ganz von vorne anfange.

Wenn Du in Buch bist, bringe ich Dir das neue Frisch-Tagebuch als Lektüre mit. Er schlägt sich mit dem Problem des Alterns herum. Vor mir steht das Problem des Großmutter-Werdens, also etwas Ähnliches. Wir hatten gerade die Sarah Kirsch mit ihrem dreijährigen Moritz zwei Nächte lang hier, da konnten wir üben und uns unserer Nerven versichern.

Liebe Brigitte, ich werde sehr froh sein, wenn eine Karte von Dir kommt, daß es Dir ein bißchen besser geht.

Deine Christa

85 An Brigitte Reimann

Prieros, 10. 7. [72]

Liebe Brigitte,

eben ist die Sonne untergegangen, ohne daß wir ihre angekündigte „Finsternis“ bewundern konnten. Seit Mittag hat's wie verrückt geregnet. Wir – Tinka und ich – sind auf unserer Datsche in Prieros und genießen die Natur, das Dame-Wasser, die frugalen Gerichte, die wir uns kochen, und unsere Weiberfreiheit überhaupt. Tinka häkelt sich ein paar orangefarbene hot pants, in Hinblick auf ein bevorstehendes Zeltlager an der Ostsee (Motto: Klagen können kommen, aber keine Kinder!). Sie hat sich ausbedungen, daß wir nicht wie Mutter und Tochter, sondern wie Kumpels miteinander umgehen.

Was mich betrifft, flick ich noch ein bißchen am Eulenspiegel, die Aufbau-Leute wollen es drucken, und überlege was anderes. Lese Frischs neues Tagebuch, kann ich Dir dann borgen. Kennst Du Bölls „Gruppenbild mit Dame“? Kannst Du auch haben, sag Bescheid. – Frau Matthes, die augenblicklich nicht zu Hause, sondern bei irgendwelcher Schwiegermutter ist, hat sich auf der Station in Buch nach einem Bett für Dich erkundigt (sie rief heute bei Gerd an, der mit Napoleon zu Hause ist) und erfahren, daß Du damals nicht auf Station wolltest. Nun müßtest Du Dich von Dir aus melden, mit Nachdruck, damit sie Dir ein Bett reservieren, wenn Du hingehen willst. – Hoffentlich haben diese gräßlichen Bestrahlungsnachwirkungen nachgelassen ... Übrigens war die Kollegin Büttner (oder so ähnlich) vom Schriftstellerverband bei mir. Die Kolln. Radtke möchte Dich gerne besuchen, erkunden, ob du irgendwas brauchst, sie wollte Dir bloß nicht auf den Wecker fallen. Also sie steht Dir jederzeit zur Verfügung, ruf sie an, wenn Du willst.

Keine Briefschreibebestimmung, merkst Du schon. Auch das 6. Plenum hilft dem nicht auf. Wasch mir den Pelz, aber mach mich nicht naß (nur für internen Gebrauch bestimmt). – Wenn Du schreiben willst, ruhig nach Klm., wenn was Dringendes ist, Tel.: Prieros 408.

Ich grüße Dich,
Christa

86 An Christa Wolf

18. 7. [72]

Liebe Christa,

falls es Dich irgendwann aus Prieros und der Weiberwirtschaft mit Tinka (hot pants! ich muß schon sagen!) nach Berlin verschlägt: ich bin ab morgen wieder in Buch, diesmal Station VI. Na ... Geburtstag im Krankenhaus war schon immer mein Traum. Leb wohl, seid beide herzlich gegrüßt von

Deiner Brigitte

87 An Brigitte Reimann

[Kleinmachnow,] d. 20. 7. 72

Liebe Brigitte,

morgen ist also Dein Geburtstag. Du wirst lachen: Ich habe eben im Literaturlexikon nachgeguckt, um festzustellen, daß Du ja noch nicht mal 40 wirst und daß Du schon mit Deiner ersten Erzählung „erzählerisches Talent" bewiesen hast, was sicher für einen Schriftsteller ein gewisser Vorteil ist – besonders, wenn es sich hält, das Talent. Und wenn er sich hält – der Schriftsteller, in vielerlei Hinsicht. Beides glaub ich und wünsch ich Dir. Auch wenn im Augenblick die Stimmung bei Dir vielleicht nicht so zuversichtlich sein kann. Geburtstag im Krankenhaus – naja. Und bei dieser mörderischen Hitze, die einem den Schweiß aus den Poren treibt, wenn man bloß daran denkt, daß man sich demnächst bewegen müßte ... Wir sind aus Prieros geflüchtet, unser Gehirn begann einzutrocknen, und die vorbeifließende träge Dahme war auch kaum noch kühler als die Luft. Meine Hand klebt am Papier, während ich schreibe, daher das Gekrakel. – Ich werde Dich besuchen kommen, kann sein, schon nächste Woche. Dann bring ich Dir was zu lesen mit. – Rappelst Du Dich schon ein bißchen? Wollen wir uns nicht mal was Vernünftiges vornehmen? Zum Beispiel: Deinen nächsten Geburtstag mit einer Flasche kühlen Sektes gemeinsam zu begießen? Warum eigentlich immer diese Halbheiten? Verflucht noch mal!

Sei mir gegrüßt, auch von Gerd und Tinka Storchbein, die sich soeben zu einem Ostsee-Zeltlager rüstet.

Deine Christa

88 An Christa Wolf

Nbg., 15. 9. [72]

Liebe Christa,

eben habe ich zum hundertsten Mal immer wieder vergeblich versucht, Dich anzurufen (wahrscheinlich ist mein Apparat zum Teufel). Nimm's nicht so genau, was ich jetzt kritzele. Wir sind in die schönste Ehekrise geraten, der Dicke ist nervös und ganz unmecklenburgisch (natürlich eine Reaktion auf meinen idiotischen Zustand), [...] und ich bin wütend oder traurig und kann erst recht nicht schreiben. Ein Teufelskreis. Nach tagelangem Schweigen waren wir gestern gezwungen, miteinander zu sprechen, weil die Lindemanns zu Besuch kamen (und wir mußten das Konventionsstück Heile Ehe abziehen – obgleich die kluge und sensible Gitta L. natürlich weiß, was gespielt wird), und heute abend wird die große Aussprache stattfinden. Ich bin wahnsinnig aufgeregt, dabei gibt es doch nur drei Varianten:

Verständigung oder Trennung oder – schlimmstenfalls, finde ich – eine So-tun-als-ob-Reparatur. Himmel, der Dicke ist mindestens so vertrackt wie ich. Warum macht man sich bloß das Leben so schwer, wenn man doch aneinander hängt? Als ich auch mal weggelaufen bin, zu meinem lieben Jürgen, ist der Rudi verrückt geworden vor Angst und hat alle Krankenhäuser abgeklappert.

Eben sehe [ich] durchs Fenster, daß der Dicke kommt; ich muß jetzt schließen. Ich wollte Dich auch nur fragen, ob Du notfalls am Sonnabend (eigentlich ein schwer zumutbarer Tag, wegen Familie und so) ein bißchen Zeit für mich hättest. R. muß Sonnabend zu seinem Team nach Berlin, und falls wir heute und in den nächsten Tagen unseren Frieden miteinander machen, würde ich mitfahren. Jedenfalls versuche ich nächste Woche noch mal, Dich telefonisch zu erreichen.

Ganz herzlich
Deine Brigitte

89 An Brigitte Reimann

Kleinmachnow, 1. 10. 72

Liebe Brigitte,

soeben habe ich mit dem Datum auf Deinem Brief einen neuen Monat angebrochen. Jetzt wäre der Satz fällig: Wie die Zeit vergeht! Aber wir wollen ihn uns verkneifen.

Ich war sehr froh, daß ich neulich so lange mit Dir sprechen konnte, und besonders, als ich hörte, Du kritzelst wieder ein bißchen Tagebuch. Mir geht mein vermaledeites Buch, zu dem ich keinen Zugang finde, jetzt bis in meine Träume nach. Neulich träumte ich ganz deutlich eine lange Geschichte, die mit dem Wort „Erinnerungslücke“ schloß.

Kannst Du diese Sonntagsvormittagsschrift lesen?

Tinka Langbein ist nun 16. Sie streitet sich mit ihrer Lehrerin über den revolutionären Gehalt von Schillers „Lied an die Freude" (Tinka findet keinen!). Wir waren mit ihr in den „Räubern". Das ist ja nun zum Ende hin ein ausgesprochenes Schauerdrama, des jungen Schiller Widersprüche platzen auf offener Scene, ich glaube, der Tinka tut die deutsche Klassik bloß leid.

Gerade lese ich ein Buch – in Vorbereitung auf die Erziehung meines Enkelkindes – über „freiheitliche Kindererziehung in der Familie". Na, da haben wir mit unseren Kindern viel falsch gemacht. Meine Güte, wie verklemmt waren wir doch in den 50er Jahren! Und wie schwer fällt es uns, schreibend damit wirklich fertig zu werden ...

Ich hab meinen Kram zusammengepackt, den ich nach Kühlungsborn mitnehmen will, zu diesem Genetikkongreß über „ethische Probleme der Genetik". Mal sehen, ob die inzwischen über ihren reinen Zweckmäßigkeitsstandpunkt etwas hinausgekommen sind ...

Wenn ich zurück bin, melde ich mich gleich und komme so bald wie möglich.

Ich grüße Dich!
Deine Christa.

Wenn man Dir mit dem Tropf nicht nur Medikamente, sondern auch Lebensmut und Lebenskraft einträufeln könnte!

90 An Brigitte Reimann

Klm., 30. 10. [72]

Liebe Brigitte,

mitten in meine Vormittagsarbeit hinein muß ich Dir plötzlich schreiben. Ich war sehr froh, im „Sonntag" den Vorabdruck dieser Seiten Deines Buches zu finden, in denen ein so intensives und vielschichtiges Erlebnis mit großer Einfühlung – was heißt hier „Einfühlung!", wir kennen es doch alle von uns selbst! – ausgedrückt ist. Währenddes und gleich danach las ich noch einmal das Buch von der Hilde Domin, das ich Dir schenken kann, weil die Autorin mir gerade selbst ein zweites Exemplar geschickt hat (darum las ich es auch). Dies hier ist keine „große Literatur" – na wennschon. Natürlich spricht die Autorin von sich selbst – anscheinend können wir Weiber kaum anders. Mir ist manches zu verschwimmend, zu „idealistisch" und unkonkret, denn sie kaschiert alles Konkrete, allzu Verräterische, und bleibt bei der reinen Beschreibung des Gefühls dieser Frau und ihrer Beziehungen zu zwei Männern. Ich weiß nicht, ob ich mich irre, aber ich denke mir, Du würdest Sätze finden – die auch ich gefunden habe –, die Dich treffen.

Wenn nicht, denk an den Bienenartikel, den mir die Anna geschickt hat!

Du mußt gar keine Bedenken haben, daß Dein Buch die Leute nicht interessieren könnte. Sie werden es dem Verlag höchstwahrscheinlich aus den Händen reißen.

Weißt Du, ich schreibe Dir auch mit schlechtem Gewissen, weil ich nämlich mein Versprechen, daß ich diese Woche zu Dir komme, nicht einhalten kann. Der Aufbau-Verlag macht da so eine komische Tagung für „Nachwuchs" in Bad Saarow, da soll ich hin, auch was murmeln auf der Grundlage von „Lesen und Schreiben", hatte zugesagt, als das noch weit weg lag, und nun ist es, wie alle Termine immer, plötzlich so weit. Darum muß ich Dich um eine Woche vertrösten, werde aber zwischendurch telefonieren. So ungefähr in vierzehn Tagen, falls Annettes Baby programmgemäß eintrudelt, muß ich dann mal für eine Woche Wochenbett- und Babypflege übernehmen. Keine Ahnung, ob ich das noch kann oder dabei wieder in die gleiche Panik verfallen werde wie die jungen Mütter.

Gestern hättest Du Tinka sehen sollen, wie sie „Romeo

und Julia" las (sie grast augenblicklich die Literatur nach Liebesgeschichten ab und ärgert sich über die vielen unglücklichen Ausgänge). Sie fraß dazu Kekse mit Schlagsahne und hörte Beat-Musik, je nach ihrer Beziehung zu den einzelnen Titeln in unterschiedlicher Lautstärke. Dazwischen gab sie ihre Kommentare: „Mann o Mann, ich ahne Schreckliches!" Oder: „Ja, sieht denn der Blödmann nicht, daß die gar nicht tot ist?" Oder: „Wie die schon reden! O jammervoller Tag, o Tag, o Tag! Wer sagt denn so was! Oder haben die früher so geredet?" Und am Ende: „So, jetzt hat er, was er wollte!" Damit meinte sie Shakespeare.

Vorige Woche haben wir uns einen kleinen japanischen Kassettenrecorder gekauft, für 560 Mark. Unsere Geschäfte waren ein paar Wochen lang von japanischen Geräten überschwemmt, wohl zur Abschöpfung der immer noch überhängenden Kaufkraft. Dieses Ding ist nun Tinkas liebstes Spielzeug, sie betätigt sich als Showmaster und Gesangsstar und gestaltet ganze Programme. Ihr Freund Dixie darf auch mal raufpusten. Der hat übrigens bei sich zu Hause ein hartes Leben, wenn er mit Tinka ins Kino gegangen ist und seine Mutter das rausgekriegt hat, dann stellt sie ihn vor die Alternative, ob er oder ob sie ausziehen soll. Dann muß er tagelang Brief- und andere Kästen bauen, um sie wieder zu versöhnen. Mein Gott, muß die ein karges Liebesleben führen!

Apropos: Gerd hat sich Sonntag nachmittag illegal Urlaub genommen aus seinem salzlosen Wasserkrankenhaus. Er ist ganz schlank geworden und hat auch seine Wirbelsäule einigermaßen zur Raison gebracht. Wochenende kommt er sicher raus.

Dabei handelt der Brief noch nicht von dem, was mich am meisten interessiert: Wie es Dir geht. Aber das werde ich Dich telefonisch abfragen. Auch Deine Seele: Hat sie noch Urlaub? Ich habe nach unserem letzten Gespräch viel darüber nachgedacht, wie das mit dem lieben Gott eigentlich ist. Wahrscheinlich werden die, die einmal als Kind an ihn geglaubt haben, ihn ihr Leben lang nicht mehr los – auch wenn sie nicht mehr an ihn glauben. Als eine Art ethische Hintergrundfigur, als Verkörperung des Über-Ich, das sich wahrscheinlich wieder zu „Gott“ zusammenschließt, wenn es einem schlechtgeht. Natürlich kann man von Hilfskonstruktion sprechen, jedoch wir leben inmitten von Hilfskonstruktionen, darunter viel schlechteren ... Kirche ist etwas anderes, finde ich.

Mir tat es noch lange leid und wird mir immer leid tun, daß ich an jenem Nachmittag von Dir wegging, um zu dieser PEN-Besprechung im ZK zu gehen, die dann überflüssig, tot und langweilig war. Warum macht man das bloß, programmierter Esel, der man ist. Wir hatten doch gerade erst angefangen, von dem zu reden, was Dir wirklich nahegeht und was wir alle, gut erzogen und in Angst vor unseren eigenen Gefühlen, sonst immer schön sorgfältig hinter keep smiling verstecken. Dabei ist es doch wirklich die allerverständlichste Sache von der Welt, daß Dir das Lächeln manchmal vom Gesicht rutscht – Menschenskind, entwickle nicht auch deshalb noch Schuldgefühle!

Sogar ich, die ich keinen Grund zur Traurigkeit habe, lächle innerlich doch fast nie und denke täglich an den Tod. Das ist vielleicht meine Hilfskonstruktion ...

Und die Geschäftigkeit. Auch eine Hilfskonstruktion. Letzte Woche ließ ich mich verleiten, mal wieder auf einen Empfang zu gehen, den das DSV-Präsidium den Chefredakteuren der Bruderzeitschriften gab, die gerade hier in Berlin getagt hatten. Mann o Mann, die Ödnis! Es ist wahr: Gisela Steineckert hatte ein schönes langes schwarzes Kleid und eine schöne schwarze Wuschelkopf-Perücke an, und de Bruyns waren da, zum Festhalten, und Klaus Höpcke versuchte leutselig zu strahlen, als er zusehen mußte, wie der sowjetische Botschaftsrat mir seine Karte überreichte (ich habe schon eine Sammlung von Karten sowjetischer Botschaftsräte). Und dann gab es als Nachtisch einen riesigen, mindestens zwei Jahre alten Baumkuchen, dessen Rolle bei der Entwicklung der Festlichkeit enorm war und der den Wasserverbrauch steigerte, und Gerhard Baumert sagte immer wieder, wie schön es doch früher war, als Harald Hauser immer bei Empfängen sein Jackett auszog und auf den Händen zu gehen pflegte. Überhaupt saßen die Greise unserer Generation herum und sangen Lieder auf den Kehrreim: Früher, als es noch schön war. Die Ungarn verstreuten Sarkasmen, und die Polen Handküsse.

Mit Herbert Nachbar sprach ich ein Weilchen ernsthaft. Er ist sehr krank, Du weißt es wohl. Wenn es stimmt, daß er multiple Sklerose hat, dann sind seine Aussichten gräßlich, eine fortschreitende Lähmung. Er ist sehr ernst geworden und soll ein gutes Buch geschrieben haben. Verdammt, daß die guten Bücher immer an Leiden gebunden sind.

Und doch. Neulich las ich meine Weibergeschichte, die Du kennst, vor Tierärztinnen. Die kamen zu dem für mich fast überraschenden Schluß, daß ich sicher unter anderem für einen Menschen plädiere, der unter Anstrengung und Leiden heranreift und dem man nicht einfach durch äußere Mittel zum glatten „Funktionieren“ verhilft. Ja, wahrhaftig, dafür plädiere ich.

Ich mache Schluß, Brigitte. Glaub mir, ich denke viel an Dich, wahrscheinlich lasse ich wenig davon spüren.

Ich grüße Dich,
Deine Christa

91 An Christa Wolf

Neubrandenburg, 3. 11. [72]

Liebe Christa,

dies nur als Vorbote eines Briefes, der nächstens geschrieben wird. Und als – verspäteter – Dank für den Tag mit Dir, der sich auf eine im Wortsinn merkwürdige Weise aus all den vergangenen Wochen herausgehoben hat. – Jetzt bin ich aufgeregt, weil ich das Buch wieder zu fassen kriege, und mit dem Dicken ist alles wieder gut und besser als je zuvor [...]. Aber darüber ein andermal, ich brauche noch ein paar Tage Zeit, um eine Haltung zu der Geschichte zu gewinnen, ehe ich darüber sprechen oder schreiben kann.

Bleib gesund, liebe Christa, grüß die Deinen.

Ganz herzlich
Deine Brigitte

92 An Christa Wolf

[Neubrandenburg, 15. 1. 73]

Liebe Christa,

ich wollt Dir nur sagen, daß ich am Montag gen Buch ziehe. Ob's wieder so schön mit dem Zimmer klappt ... ich brauchte es so sehr fürs letzte Kapitel. Du, ich freue mich auf Dich. Grüß den Wolf-Clan.

B.

93 An Brigitte Reimann

Kleinmachnow, d. 6. 2. 73

Liebe Brigitte,

ich weiß, es ist ungerecht, daß auch Du darunter leiden mußt, wenn mir die Worte in der Maschine steckenbleiben. Ich weiß auch nicht, warum es immer schwieriger wird zu schreiben. Oder vielleicht weiß ich's im stillen doch, aber es nützt nicht viel.

Was schreibe ich Dir? Ich stelle mir vor, wie Du daliegst und was Dich außerhalb dieses verfluchten Bettes und dieses verfluchten Zimmers interessieren könnte. So ein halber Vorfrühlingstag wie gestern? Hast Du gemerkt, daß die Vögel schon ganz aufgeregt wurden? Dafür heute wieder der reine Trübsinn vom Himmel. Und die Grippebakterien haben keine Chance, durch Frost wenigstens dezimiert zu werden.

Gerade habe ich in meinem Manuskript darüber meditiert, daß es das Ziel des Schreibens wäre, Sprache zu finden für die Veränderungen der inneren Landschaft, die man in dem Augenblick ertappt, da sie vor sich gehen und *ehe* sie noch an Sprache gebunden sind. Dieses ganze romanhafte Lügen, das zwar brave Konvention ist und verkäuflich, aber weltweit von dem entfernt, was und wie es sich wirklich vollzieht, hängt mir ziemlich zum Halse heraus. Nun, das möchte Dich mit Recht zur Zeit ziemlich kühllassen, aber in irgendeiner ein bißchen komplizierten Weise hängt mein Überdruß an den Klischees auch mit Dir zusammen. Denn in welches der Dir oder mir bekannten Klischees ließe sich die Beziehung bringen, die zwischen uns entstanden ist? Und die sich andauernd verändert, obwohl sie doch nun schon längere Zeit diese äußere Form von Krankenhausbesuchen durch mich angenommen hat, dieses Mitbringen von irgendwelchen Büchern und irgendwelchen Windbeuteln mit Schlagsahne und irgendwelchen Reden, die mir schwer genug fallen. Darunter aber, manchmal durchbrechend, der aufrichtige Wunsch nach Freundschaft, bei der sich nicht einer stärker machen muß, als er ist, und der andere nicht kleiner. Ich glaube auch, daß über die Monate hin in Dir ein realeres Bild von mir entstanden ist (Du mit Deinem Hang, Dir ein zu schönes Bild von den Leuten zu machen!), und daß vielleicht Deine Scheu vor mir – die doch anfangs wohl da war, nicht? – allmählich entschwunden ist.

Ich will Dir sagen, daß ich seit langem Deine Leistung, unter diesen Schmerzen und unter diesen äußeren Umständen voll zu leben, bewundere. Es zeigt sich jetzt, welch ein Reichtum an Lebensbeziehungen in Dir ist, was für ein lebendiger Mensch Du bist, neben so vielen schon innerlich halb Abgestorbenen, und wie stark und zäh Du sein kannst. Ich glaube, daß Dein Buch auch davon einen Eindruck geben wird und daß gerade dies – egal, welche Handlung sich da abspielt – das Wichtigste ist. Wenn ich komme, möchte ich viel mit Dir über Dein letztes Kapitel sprechen, wenn Du willst. Es ist ein Elend mit dieser Besuchssperre.

Weißt Du, Älterwerden ist merkwürdig und will anscheinend auch gelernt sein: Wie man sich dazu zu stellen hat, daß man nicht mehr so häufig überrascht wird wie früher, daß weder Enttäuschungen noch Freuden Dich vollkommen mitnehmen und Du in jeder Empfindung eine frühere wiedererkennst. Das ist ja wohl, was man „Erfahrung" nennt, und man muß höllisch aufpassen, daß es nicht in die Nähe von Gewohnheit und Routine kommt. Das Herz dreht sich einem nicht mehr ohne weiteres um, aber man will es nicht wahrhaben und wartet immer, daß es noch mal passiert ... Weiber!

Was erzähl ich Dir da für Unsinn? Anstatt von Napoleon zu sprechen, der solche Überlegungen völlig abgehen, die sich Winterspeck angefressen hat und immer den Moment zu erwischen sucht, wenn sie auf unsere Betten springen kann. Oder von Tinka, die sich für Plenzdorfs „Leiden des jungen W." engagiert, weit weniger allerdings für die Schule. Von Annettes Baby habe ich ja schon eine Telefonbeschreibung geliefert, die aber hinter den Tatsachen weit zurückbleibt.

Neulich war Martin Schmidt bei uns. Auch einer von den Leuten, die einfach das Ihre tun. Woher er immer die Kraft nimmt, weiß ich nicht.

Du, ich geb den Brief mit Tinkas Freund Dixie mit zum Briefkasten, mach also jetzt Schluß, damit Du ihn bald hast. Inzwischen rufe ich wieder an.

Ich grüße Dich sehr, meine Liebe.
Deine Christa.

Mit Maschine hab ich geschrieben, weil Du das sicher besser lesen kannst.

C.

94 An die Eltern Brigitte Reimanns

Schierke, d. 25. 2. 73

Liebe, sehr verehrte Frau Reimann,
sehr geehrter Herr Reimann,

ich habe das Bedürfnis, Ihnen zu schreiben.

In den letzten drei Jahren, als ich mit Brigitte befreundet war, hat mich ihre Art, trotz der Krankheit zu leben und die Ansprüche an sich selbst nicht zu senken, sehr beschäftigt. Als ich sie zum letzten Mal besuchte – das war fünf Tage vor ihrem Tod –, warf sie sich selber vor, daß sie nicht mehr die Kraft zum Schreiben aufbrachte. Immer noch erlaubte sie sich nicht, die Krankheit vollkommen Macht über sich gewinnen zu lassen. Wir haben oft über ihre neuen Einsichten gesprochen, die sie, wenn sie erst dieses letzte Buch beendet hätte, dazu bringen sollten, neu und ganz anders zu schreiben. Wahrscheinlich hätte sie es gekonnt.

Ich weiß nicht, ob viele Menschen – auch die, die in hohem Alter erst sterben – von sich sagen können, daß sie so intensiv gelebt haben wie Brigitte. Daß sie so lebendig war, hat andere angezogen, daß sie neugierig, aber nicht hochmütig war, daß sie vieles verstand und sich selbst mit ihrer eigenen Problematik nicht hinter einer Maske versteckte. Natürlich erfuhr sie dabei, daß es anstrengender ist, so zu leben, sich nicht einzumauern, auf alles zuzugehen. Aber sie erfuhr auch, daß es nur so sinnvoll ist. Sie hat viel Freude gehabt, und sie konnte sich freuen, bis in ihre letzte Zeit hinein. Vielleicht kann es auch Ihnen mit der Zeit gelingen, dieses frühere Gesicht von Brigitte hinter dem anderen aus den letzten Tagen, das auch mir jetzt dauernd vor Augen steht, wiederzugewinnen.

Sie hat immer liebevoll von Ihnen gesprochen. Noch bei meinem letzten Besuch sprach sie voll Rührung davon, daß Sie jede Woche den weiten Weg machten, sie zu besuchen. Ich glaube, daß sie zu den Menschen gehörte, die in ihrer Familie einen echten Halt, ein wirkliches Hinterland hatten, und daß sie eben deshalb wagen konnte, auch allein zu sein, sich von überholten Lebensformen zu entfernen. Einsam ist sie, soviel ich weiß, nicht gewesen.

Die ganze Zeit über habe ich tief bedauert, daß wir uns erst näher kennenlernten, als sie schon krank war und ich wußte, daß ihre Lebenszeit nach Jahren gezählt war. So ist es in der Frage, die ihr die wichtigste sein mußte – Leben oder Tod –, nie zur letzten Aufrichtigkeit zwischen uns gekommen. Der Gesunde muß in diesem Fall Lüge und Verstellung auf sich nehmen. Aber ich denke heute, sie hat manches auch von dem verstanden, was nicht ausgesprochen wurde, und hat versucht, es den anderen nicht zu schwer zu machen.

Zuletzt habe ich ihr den Tod gewünscht.

Ich bin sicher, daß ihr letztes Manuskript, auch wenn das allerletzte Kapitel fehlt, veröffentlicht werden wird. Wenn ich dabei irgendwie helfen kann, will ich es gerne tun. Überhaupt bitte ich Sie, sich an mich zu wenden, falls ich Ihnen in irgendeiner Angelegenheit helfen kann.

Es bleibt mir nichts, als Ihnen zu sagen, daß viele Brigitte liebten und mit Ihnen trauern.

Ihre Christa Wolf

Lebensdaten
Brigitte Reimann

1933	Am 21. Juli als Tochter eines Journalisten in Burg bei Magdeburg als ältestes von vier Geschwistern geboren.
1947	Kinderlähmung.
1951	Abitur, danach Tätigkeit als Lehrerin.
1953	Heirat.
	Aufnahme in die Arbeitsgemeinschaft Junger Autoren des Schriftstellerverbandes in Magdeburg.
1954	Fehlgeburt.
	Selbstmordversuch.
1955	„Der Tod der schönen Helena“ (Erzählung), Verlag des Ministeriums des Innern.
1956	„Die Frau am Pranger“ (Erzählung), Verlag Neues Leben Berlin. Aufnahme in den Schriftstellerverband.
1958	Scheidung.
1959	Heirat.
1960	Umzug nach Hoyerswerda.
	„Das Geständnis“ (Erzählung), Aufbau-Verlag Berlin.
	„Ein Mann steht vor der Tür“ (Hörspiel, gemeinsam mit Siegfried Pitschmann).
	„Sieben Scheffel Salz“ (Hörspiel, gemeinsam mit Siegfried Pitschmann).
1961	„Ankunft im Alltag“ (Erzählung), Verlag Neues Leben Berlin.

1961	Literaturpreis des Freien Deutschen Gewerkschaftsbundes (zusammen mit Siegfried Pitschmann) für die Hörspiele „Ein Mann steht vor der Tür“ und „Sieben Scheffel Salz“.
1962	„Die Frau am Pranger“ (Fernsehspiel). Literaturpreis des Freien Deutschen Gewerkschaftsbundes für „Ankunft im Alltag“.
1963	„Die Geschwister“ (Erzählung), Aufbau-Verlag Berlin. Wahl in den Vorstand des Schriftstellerverbandes.
1964	Sibirienreise als Mitglied einer Delegation des Zentralrats der Freien Deutschen Jugend. Scheidung. Heirat.
1965	„Das grüne Licht der Steppen. Tagebuch einer Sibirienreise“ (Reportage), Verlag Neues Leben Berlin. Heinrich-Mann-Preis der Akademie der Künste der DDR. Carl-Blechen-Preis des Rates des Bezirkes Cottbus für Kunst, Literatur und künstlerisches Volksschaffen.
1968	Krebserkrankung und Operation. Umzug nach Neubrandenburg.
1970	Scheidung.
1971	Heirat.
1973	Am 20. Februar in Berlin gestorben.
1974	„Franziska Linkerhand“ (Roman, unvollendet), Verlag Neues Leben Berlin.

Lebensdaten
CHRISTA WOLF

1929	Geboren am 18. März in Landsberg/Warthe (heute Gorzów Wielkopolski) als Tochter des Kaufmanns Otto Ihlenfeld.
1939–45	Besuch der Oberschule in Landsberg.
1945	Nach Mecklenburg umgesiedelt. Verschiedene Tätigkeiten. Schreibkraft beim Bürgermeister in Gammelin bei Schwerin.
1947	Umzug nach Bad Frankenhausen (Kyffhäuser).
1949	Abitur. Eintritt in die SED.
1949–53	Studium der Germanistik in Jena und Leipzig. Diplomarbeit bei Hans Mayer.
1951	Heirat mit Gerhard Wolf.
1952	Geburt der Tochter Annette.
1953	Umzug nach Berlin.
1953–55	Wissenschaftliche Mitarbeiterin beim Deutschen Schriftstellerverband.
1955–77	Mitglied des Vorstandes des Deutschen Schriftstellerverbandes (seit 1973 Schriftstellerverband der DDR).
1956	Cheflektorin des Verlages Neues Leben. Geburt der Tochter Katrin.
1958–59	Redakteurin der Zeitschrift „Neue Deutsche Literatur".
1959	Umzug nach Halle.
1961	„Moskauer Novelle". Kunstpreis der Stadt Halle.
1962	Umzug nach Kleinmachnow bei Berlin, seitdem freischaffende Schriftstellerin.

1963	„Der geteilte Himmel" (Erzählung). Heinrich-Mann-Preis der Akademie der Künste der DDR.
1963–67	Kandidatin des ZK der SED (vom VI. bis VII. Parteitag der SED).
1964	DEFA-Film „Der geteilte Himmel", Regie Konrad Wolf. Nationalpreis III. Klasse für Kunst und Literatur.
1965	Mitglied des PEN-Zentrums der DDR.
1967	„Juninachmittag" (Erzählung).
1968	„Nachdenken über Christa T.".
1972	„Lesen und Schreiben. Aufsätze und Betrachtungen". „Till Eulenspiegel. Erzählung für den Film" (gemeinsam mit Gerhard Wolf). Theodor-Fontane-Preis des Bezirkes Potsdam.
1974	„Unter den Linden. Drei unwahrscheinliche Geschichten". Mitglied der Akademie der Künste der DDR. Writer in Residence am Oberlin College, Ohio, USA.
1976	Umzug nach Berlin. Unterzeichnung des „Offenen Briefes" gegen die Ausbürgerung Wolf Biermanns. „Kindheitsmuster".
1977	Literaturpreis der Freien Hansestadt Bremen.
1979	„Kein Ort. Nirgends". „Fortgesetzter Versuch. Aufsätze, Gespräche, Essays". Karoline von Günderrode, „Der Schatten eines Traumes. Gedichte, Prosa, Briefe, Zeugnisse von Zeitgenossen" (Herausgabe). Mitglied der Deutschen Akademie für Sprache und Dichtung, Darmstadt.
1980	Georg-Büchner-Preis der Deutschen Akademie für Sprache und Dichtung.
1981	Mitglied der Akademie der Künste Berlin [West].
1982	Poetik-Vorlesungen an der Universität Frankfurt a. M.

1983 „Kassandra. Vier Vorlesungen. Eine Erzählung". Friedrich-Schiller-Gedächtnis-Preis des Landes Baden-Württemberg. Ehrendoktorwürde der Ohio State University, Columbus, Ohio, USA. Dort Gastprofessor.

1984 Mitglied der Europäischen Akademie der Künste und Wissenschaften, Paris. Franz-Nabl-Preis der Stadt Graz.

1985 „Ins Ungebundene gehet eine Sehnsucht. Gesprächsraum Romantik. Prosa, Essays" (mit Gerhard Wolf).
Honorary Fellow der Modern Language Association of America.
Österreichischer Staatspreis für Europäische Literatur. Ehrendoktorwürde der Universität Hamburg.

1986 „Die Dimension des Autors. Essays und Aufsätze. Reden und Gespräche 1959–1985".
Mitglied der Freien Akademie der Künste, Hamburg.

1987 „Störfall. Nachrichten eines Tages".
Nationalpreis I. Klasse für Kunst und Literatur. Geschwister-Scholl-Preis der Stadt München. Gastprofessur für ein Schreibseminar an der Eidgenössischen Technischen Hochschule, Zürich.

1989 „Sommerstück".
Juni: Austritt aus der SED.
Am 4. November Rede auf der von Berliner Kulturschaffenden initiierten großen Kundgebung in Berlin („Sprache der Wende").

1990 „Reden im Herbst" (im Luchterhand Literaturverlag unter dem Titel „Im Dialog").
„Was bleibt".
Ehrendoktorwürde der Universität Hildesheim.

1990	Verleihung des Ordens „Officier des arts et des lettres“ in Paris.
1991	Honorary Member der American Academy and Instituts of Arts and Letters.
1992	Erich-Fried-Ehrung in Wien.
1992–93	Scholar des Getty Center for the history of Art and the Humanities in Santa Monica, Kalifornien.

Anmerkungen

1 An Brigitte Reimann, 17.11.64
Preis – Nationalpreis III. Klasse für Kunst und Literatur für die Erzählung „Der geteilte Himmel".
Reportage – Reportage über die Studienreise nach Sibirien. Brigitte Reimann schrieb dazu: „Übrigens soll die Sibirienreportage beim Neuen Leben in einem Büchlein herauskommen, ich bin aber nicht sicher, ob mir das recht ist – ich finde sie nicht so gelungen, weil ich so schnell schreiben mußte." („Brigitte Reimann in ihren Briefen und Tagebüchern. Eine Auswahl". Hrsg. von Elisabeth Elten-Krause und Walter Lewerenz, Berlin 1983, S. 208.)
Pitschmann – Siegfried Pitschmann (geb. 1930), Schriftsteller, zweiter Ehemann Brigitte Reimanns.
„Fräulein Schmetterling" – Der Film (Regie Kurt Barthel) gehörte zu den im Umfeld des 11. Plenums des ZK der SED 1965 kritisierten und verbotenen Filmen. Er durfte bis zum Rohschnitt fertiggestellt werden. Nach einer Vorführung im Filmbeirat der Hauptverwaltung Film beim Ministerium für Kultur im Frühsommer 1966 wurde die Weiterarbeit gestoppt mit der Begründung, er „gestalte nicht das sozialistische Menschenbild" und „sei eine grobe Verfälschung des Lebens in der DDR". (Christa Wolf, „Erinnerungsbericht". In: „Kahlschlag. Das 11. Plenum des ZK der SED 1965. Studien und Dokumente". Hrsg. Günter Agde, Berlin 1991.)
neue Erzählung – „Nachdenken über Christa T.".
Seghers-Biographie – Nicht realisiert.
Erwin Strittmatter – Schriftsteller (geb. 1912).

2 An Brigitte Reimann, 2.4.65
war's sehr schlimm – Verleihung des Heinrich-Mann-Preises der Akademie der Künste der DDR im März 1965.

3 An Brigitte Reimann, 13.11.66
Interview – Gemeint ist das „Selbstinterview", das als Vorrede für Lesungen aus „Nachdenken über Christa T." geschrieben wurde, um zu erwartende Angriffe auf das Buch zu entkräften.
Steschenski – Mitarbeiter des sowjetischen Schriftstellerverbandes.

Bunin – Übersetzer und Redakteur.
Bogatyrjow – Übersetzer.

4 AN CHRISTA WOLF, 23.11.66
Briefentwurf aus dem Nachlaß Brigitte Reimanns.
Konferenz – 1. Jahreskonferenz des Deutschen Schriftstellerverbandes vom 2. bis 4. November 1966 in Berlin.
so hatten wir eben den Zimmering – Anspielung auf die Referate der Schriftsteller Max Zimmering (1909–1973), „Zur Lyrik-Diskussion", Inge von Wangenheim (geb. 1912) und Bernhard Seeger (geb. 1927), „Helden in unserer Literatur".
Trostberg – „Hannes Trostberg": dramatische Fernsehtrilogie von Bernhard Seeger (1966).
Koch – Hans Koch (1927–1986), Kulturwissenschaftler. 1963–1966 Erster Sekretär des Deutschen Schriftstellerverbandes.
„Jakko"-Geschichte – Das Manuskript wurde nicht beendet.
Hans – Dritter Ehemann Brigitte Reimanns (auch Hans K. oder Monsieur K.).

6 AN BRIGITTE REIMANN, 23.11.68
Franziska – Das Romanmanuskript „Franziska Linkerhand".
Albert Ebert – Naiver Maler (1906–1976), über den Gerhard Wolf das Buch „Albert Ebert. Wie ein Leben gemalt wird. Beschrieben und von ihm selbst erzählt" (Berlin 1974) schrieb.

8 AN CHRISTA WOLF, 29.1.69
Kant – Hermann Kant (geb. 1926), Schriftsteller.
Moskau-Reise – Brigitte Reimann und Christa Wolf waren im Oktober 1963 mit einer Delegation des Deutschen Schriftstellerverbandes in Moskau. Brigitte Reimann schrieb damals: „Übrigens fuhr ich [...] mit Christa Wolf, und natürlich habe ich mich in sie verliebt, sie ist so klug und mütterlich, eine Beschützerin vor allen Anfechtungen und der Typ Frau, der man nachts, im Dunkeln, alles erzählt. Ich glaube, sie fand mich wahnsinnig komisch, und jedenfalls war sie den ganzen Tag beschäftigt, mich zu retten: vor verrückten Taxis, unbedachten Einkäufen und schönen Männern." („Brigitte Reimann in ihren Briefen und Tagebüchern", a.a.O., S. 174.)
die Schmidts – Martin (geb. 1937) und Helene (geb. 1936) Schmidt hatten in Hoyerswerda einen „Freundeskreis der Künste und Literatur" ins Leben gerufen.
Bitterfelder Weg – Auf der 1. und der 2. Bitterfelder Konferenz (1959 und 1964) war gefordert worden, die Trennung zwischen Kunst und Leben, zwischen Kulturschaffenden und Produktions-

ırbeitern aufzuheben. Schriftsteller sollten in den Betrieben mitarbeiten, um Stoffe aus der sozialistischen Produktion gestalten zu können, und Arbeiter sollten selbst „zur Feder greifen" und „die Höhen der Kultur erstürmen". Christa Wolfs Erzählung „Der geteilte Himmel" verarbeitete Erfahrungen eines Studienaufenthalts im VEB Waggonwerk Ammendorf 1960–1961. Brigitte Reimann war 1960 nach Hoyerswerda gezogen, hatte mit einer Brigade aus dem Kombinat Schwarze Pumpe zusammengearbeitet und mehrfach darüber geschrieben.

Sakowski – Helmut Sakowski (geb. 1924), Schriftsteller.

diese Sache mit der Unterschrift – Brigitte Reimann hatte sich geweigert, eine zustimmende Erklärung der Mitglieder des Bezirksverbandes Cottbus des Schriftstellerverbandes zum Einmarsch der Truppen des Warschauer Paktes in die ČSSR und einen Glückwunsch zum 75. Geburtstag Walter Ulbrichts zu unterzeichnen.

Anruf genügt – Offizielle Stellen aus Cottbus hatten versucht, den Umzug dadurch zu verhindern, daß man in Neubrandenburg Brigitte Reimann als „asoziales Element" denunzierte. Daraufhin setzten sich Neubrandenburger Autoren und Parteifunktionäre für sie ein.

Schreyer – Wolfgang Schreyer (1927), Schriftsteller.

„Kaltblütig" – Roman von Truman Capote.

Annemarie A. – Annemarie Auer (geb. 1913), Literaturwissenschaftlerin und Kritikerin.

Briefwechsel zwischen Hammel und Höpcke – „Neues Deutschland" veröffentlichte vom Oktober 1968 bis zum Februar 1969 elf Briefe des damaligen Kulturredakteurs des ND Klaus Höpcke (geb. 1933) und des Dramatikers Claus Hammel (geb. 1932), in denen es um die Situation an den Theatern, um Konfliktgestaltung und Kriterien sozialistischer Kunstwerke ging. Dieser Briefwechsel kann als Vorbote der dogmatischen Kritik auf dem VI. Deutschen Schriftstellerkongreß im Mai 1969 gelten.

6. Deutsche – Gemeint ist die VI. Deutsche Kunstausstellung 1967 in Dresden.

Metzkes – Harald Metzkes (geb. 1929), Maler und Graphiker.

Böttcher – Manfred Böttcher (geb. 1933), Maler und Graphiker.

Erika Stürmer-Alex – Malerin und Graphikerin (geb. 1932), sie malte 1964 ein Porträt von Brigitte Reimann.

Henselmann – Hermann Henselmann (geb. 1905), Mitgestalter der Stalinallee (1951–1956), 1954–1959 Chefarchitekt von Berlin, 1966 bis 1970 Chefarchitekt im Institut für Städtebau und Architektur der Deutschen Bauakademie, ab 1966 bildhafte Hochhausprojekte für verschiedene Stadtzentren. Er beriet Brigitte Reimann seit 1963 über architektonische Fragen, da die Heldin des Romans „Franziska Linkerhand" Architektin ist.

Vorstandssitzung – Die Vorstandssitzungen des Deutschen Schriftstellerverbandes wurden jeweils von einem Grundsatzreferat eingeleitet. Die Sitzung vom 28.2.1969 stand unter dem Thema: „Vorbereitung des 6. Kongresses. Schaffens- und Entwicklungsproblematik der Prosa".
Caspar – Günter Caspar (geb.1924), damals Leiter des Lektorats für zeitgenössische deutschsprachige Literatur im Aufbau-Verlag Berlin und Weimar.
„Kraut des Vergessens" – Als Buch erschien der Roman von Valentin Katajew unter dem Titel „Das Gras des Vergessens".

9 An Brigitte Reimann, 5.2.69
„Christa T." – Die Vorgänge um das Erscheinen des Buches sind recherchiert in: „Dokumentation zu Christa Wolf ‚Nachdenken über Christa T.'". Hrsg. von Angela Drescher, Hamburg/Zürich 1991.
Vorstandssitzung ... über Dramatik – Sitzung vom 30.1.1969: „Über die Situation der Gegenwartsdramatik in der DDR".
Käthe Rülicke – Mitarbeiterin Bertolt Brechts, Theaterwissenschaftlerin (1922–1992).
Wogatzki – Benito Wogatzki (geb. 1932), Funk- und Fernsehautor.
„Der alte Mann und das Meer" – Erzählung von Ernest Hemingway.
„Ausflug der toten Mädchen" – Erzählung von Anna Seghers.

10 An Christa Wolf, 16.2.69
Reiner – Reiner Kunze (geb. 1933), Schriftsteller.
Gespräch für den SONNTAG – „Wenn die Wirklichkeit sich meldet. Annemarie Auer sprach mit Brigitte Reimann". In: Sonntag (Berlin), Nr. 7 vom 18.2.1968.

11 An Christa Wolf, 21.2.69
Annemarie – Annemarie Auer.

12 An Brigitte Reimann, 23.2.69
Zak – Eduard Zak (1906–1979), Literaturkritiker, Essayist.

13 An Christa Wolf, 13.3.69
ein Bändchen Erzählungen – Brigitte Reimann, „Die Frau am Pranger. Das Geständnis. Die Geschwister. Drei Erzählungen". Berlin 1969.
„Erziehung der Gefühle" – Sowjetischer Film von Mark Donskoj (1947).
Margarete Neumann – Schriftstellerin (geb. 1917).

14 An Brigitte Reimann, 15.3.69
eine Geschichte – „Unter den Linden".

15 An Christa Wolf, 19.3.[69]
dein Buch – „Nachdenken über Christa T.".
Reiner – Reiner Kunze.

17 An Brigitte Reimann, 18.4.[69]
Vorstandssitzung – Vorstandssitzung vom 17.4.1969: „Vorbereitung VI. Deutscher Schriftstellerkongreß".
das geborgte Buch – „Traktat über die Sterblichkeit der Vernunft. Philosophische Essays" von Leszek Kolakowski.
Gysi – Klaus Gysi (geb. 1912), 1966–1973 Minister für Kultur.

18 An Christa Wolf, 25.4.[69]
Herr de B. – Günter de Bruyn (geb. 1926), Schriftsteller.

19 An Christa Wolf, 24.4.69
der kleine Faun – Klaus Gysi.
unsere Geteiltes-Deutschland-Bücher – Brigitte Reimann, „Die Geschwister" (1963); Christa Wolf, „Der geteilte Himmel" (1963).
Rezension von Haase – Horst Haase, „Nachdenken über ein Buch". In: Neue Deutsche Literatur (Berlin), Heft 4/1969.
Bentzien – Hans Bentzien (geb. 1927), 1961–1966 Minister für Kultur (abgelöst), 1966–1975 Direktor des Verlages „Neues Leben".
Jens z.B. – „Der Schriftsteller antwortet. Für wen schreiben wir Gedichte? Jens Gerlach zu den Fragen unseres Lesers Gerd Schrehmel". In: Neues Deutschland vom 23.4.1969.
Neutschens Keulenhiebe – „Und wieder einmal: Vom Nutzen der Literatur. Von Erik Neutsch". In: Neues Deutschland vom 26.4.1969.
Breschan – Gemeint ist Jurij Brĕzan (geb. 1916). Zitiert wird aus dem Artikel: „Der Schriftsteller antwortet. Notwendig: der richtige Kompaß. Jurij Brezan zu einer Frage unserer Leserin Gertrud Barthel". In: Neues Deutschland vom 27.4.1969.
außerdem habe der Neutsch recht – „Aber zum Durchdenken eines Romans, noch ehe die erste Zeile geschrieben ist, gehören bereits hundert Leute, solche, die das Leben praktizieren, und solche, die über das Leben schreiben. Wie ist der größtmögliche Nutzen aus einem geplanten Werk herauszuholen, wie ist zu sichern, daß wir nicht mehr an der Wirklichkeit vorbeischreiben [...] Dazu bedarf es der Weisheit des Kollektivs, der Kollektivität schöpferischen Schaffens." (In: Neues Deutschland vom 26.4.1969.)
Kongreß – VI. Deutscher Schriftstellerkongreß vom 28. bis 30.5.1969.
Noll – Dieter Noll (geb. 1927), Schriftsteller.

Max Walter – Max Walter Schulz (1921–1991), Schriftsteller, 1964 bis 1984 Direktor des Literaturinstituts „Johannes R. Becher", 1969–1990 Vizepräsident des Schriftstellerverbandes.
Abusch – Alexander Abusch (1902–1982), Publizist und Kulturpolitiker, 1958–1961 Kulturminister, 1961–1971 Stellvertreter des Vorsitzenden des Ministerrats.
Karusseit – Ursula Karusseit (geb. 1939), Schauspielerin.
Krug – Manfred Krug (geb. 1937), Schauspieler.
Helmuts NP – Helmut Sakowski erhielt 1968 den Nationalpreis für Kunst und Literatur.
Reiner – Reiner Kunze.

20 An Brigitte Reimann, 1.5.[69]
Herr de Br. – Günter de Bryn.
sein Buch – Der Roman „Buridans Esel".
20. August – Am 21. August 1968 waren die Truppen des Warschauer Paktes in die ČSSR einmarschiert.

21 An Christa Wolf, 22.5.[69]
letzte Vorstandssitzung – Vorstandssitzung vom 27.5.1969 „Zu den letzten Kongreßvorbereitungen".

23 An Christa Wolf, 15.6.[69]
Reiner – Reiner Kunze.

25 An Christa Wolf, 25.6.69
Laudatio für Reiner – Im Hauptreferat auf dem VI. Deutschen Schriftstellerkongreß hatte Max Walter Schulz u.a. Reiner Kunze angegriffen („Das Neue und das Bleibende in unserer Literatur". In: „VI. Deutscher Schriftstellerkongreß vom 28. bis 30. Mai 1969 in Berlin. Protokoll". Berlin und Weimar 1969, S. 54).
Brief an M. Walser – Max Walter Schulz hatte Martin Walser angegriffen, weil er den Einmarsch der Armeen des Warschauer Paktes in der ČSSR verurteilt hatte („Offener Brief an Martin Walser". In: Neues Deutschland vom 19.9.1968).
Gewi – Gesellschaftswissenschaften.
Schlüter-Effekt – Anspielung auf den fünfteiligen Fernsehfilm von Karl Georg Egel „Dr. Schlüter" (1965/66).
ABV – Abschnittsbevollmächtigter.
Selbmann – Fritz Selbmann (1899–1975), Industrieminister, ab 1964 freiberuflicher Schriftsteller. Er hatte in einem Diskussionsbeitrag auf dem Schriftstellerkongreß gegen Artikel in der Zeitschrift „Sinn und Form" polemisiert, in denen die Begriffe „Ankunfts-" und „Anspruchsliteratur" geprägt wurden. „Ankunftsliteratur" wurde

dem Titel der Erzählung „Ankunft im Alltag“ von Brigitte Reimann entlehnt; „Anspruchsliteratur“ verteidigte den Anspruch der Helden auf Selbstverwirklichung, einem damals anrüchigen Begriff, und ging vom Bestehen antagonistischer Widersprüche im Sozialismus aus (In: „VI. Deutscher Schriftstellerkongreß ...“, a.a.O., S. 155–162).
das Buch von der Beauvoir – Simone de Beauvoir, „Die Mandarine von Paris“.
„Sie kam und blieb“ – Brigitte Reimann verwechselte diesen Roman mit dem dritten Band der Memoiren „Der Lauf der Dinge“.

27 An Brigitte Reimann, [Sommer 1969]
15 Seiten ... für eine Anthologie – Die Erzählung „Blickwechsel“ für die Anthologie „Der erste Augenblick der Freiheit“. Hrsg. von Elli Schmidt, Rostock 1970.

29 An Christa Wolf, 3.11.69
Letzte Vorstandssitzung – Vorstandssitzung vom 30.11.1969, Referat Hans Koch. Den Schwerpunkt bildete die Auseinandersetzung mit „Nachdenken über Christa T.“.
die Schlotterbecks – Friedrich (1909–1979) und Anna (1902–1972) Schlotterbeck, Schriftsteller (vgl. Christa Wolf, „Erinnerung an Friedrich Schlotterbeck“. Nachwort zu: F. S., „Je dunkler die Nacht...“, Stuttgart 1985).

30 An Christa Wolf, 17.11.[69]
„Initiativen“ von S. – Im Bericht über die DSV-Vorstandssitzung am 30.10.1969 an Kurt Hager heißt es darüber: „Das Präsidium wird beauftragt, eine Aussprache mit Christa Wolf durchzuführen und sie aufzufordern, sich in einer öffentlichen Stellungnahme von der Auslegung ihres Buches durch den imperialistischen Gegner zu distanzieren. Im Ergebnis dieser Aussprache soll dem Vorstand ein Vorschlag über das weitere Verhalten gegenüber Christa Wolf unterbreitet werden. In ihren Diskussionsreden hatten [...] und [...] eindeutig gefordert, den Ausschluß Christa Wolfs aus dem Vorstand vorzunehmen, sollte von ihr eine solche Stellungnahme verweigert werden.“ (In: „Dokumentation zu Christa Wolf ‚Nachdenken über Christa T.‘“, a.a.O., S. 160–163.)

31 An Brigitte Reimann, 19.11.[69]
Vorstandssitzung – Vgl. ebd. S. 150ff.
Otto G. – Otto Gotsche (1904–1985), 1960–1971 Sekretär des Staatsrats, Schriftsteller.

32 An Brigitte Reimann, 14.12.69
„Alle unsere Gestern" – Roman von Natalia Ginzburg. Das andere Buch ist „Mein Familienlexikon".
„kleine Mahagonny" – Songspiel von Bertolt Brecht und Kurt Weill.
Vater knabbert am Hölderlin – Manuskript von Gerhard Wolf „Der arme Hölderlin" (Berlin 1972).
DSV – Deutscher Schriftstellerverband.
Auslandsrechte für die „Christa T." – Vgl.: „Dokumentation zu Christa Wolf ‚Nachdenken über Christa T.'", a.a.O., S. 210ff.

38 An Brigitte Reimann, 24.3.70
U. Voelkels Rede – Schriftlich eingereichter Diskussionsbeitrag über Parteilichkeit in der Literatur von Ulrich Völkel (geb. 1940). In: „IV. Deutscher Schriftstellerkongreß ...", a.a.O., S. 326–333.
Helmut S. – Helmut Sakowski.

40 An Brigitte Reimann, 1.4.70
Margarete – Margarete Neumann.

41 An Christa Wolf, 22.4.[70]
„Clique" – Mary McCarthy, „Die Clique".

43 An Christa Wolf, 11.7.[70]
neulich so fix verschwunden – Vorstandssitzung vom 29.6.1970: „Entwicklungsproblematik der sozialistischen Lyrik".
Helmut – Helmut Sakowski.
Gert – Gert Neumann (geb. 1942), Schriftsteller. 1969 vom Literaturinstitut Johannes R. Becher exmatrikuliert.

46 An Christa Wolf, 30.8.[70]
Gert – Gert Neumann.

49 An Christa Wolf, 19.10.[70]
Der Brief wurde von Brigitte Reimann mit dem 19.9. datiert.
Vorstandssitzung – Vorstandssitzung vom 20.10.1970: „Maßnahmen zur Förderung des literarischen Nachwuchses".

51 An Christa Wolf, 13.11.[70]
Realismus-Sitzung – Vorstandssitzung vom 30.11.1970: „Aspekte der gegenwärigen Realismusforschung".

52 An Brigitte Reimann, 27.11.[70]
Nahke – Heinz Nahke (geb. 1928), damals Leiter des Bereichs Dramatische Kunst beim Deutschen Fernsehfunk. Bat auf Grund

der Diskussionen um den Fernsehfilm „Anlauf" von Benito Wogatzki (Regie Egon Günther, gesendet im Januar 1971) und ähnlicher Auseinandersetzungen Ende 1970 um seine Ablösung.

55 An Brigitte Reimann, 19.1.71
neues Buch – „Kindheitsmuster".

56 An Christa Wolf, 5.2.71
Lewerenz – Walter Lewerenz, Lektor im Verlag Neues Leben Berlin.

58 An Christa Wolf, 3.3.71
„Siehe ..." – Jerzy Andrzejewski, „Siehe, er kommt und hüpft über die Berge".

59 An Brigitte Reimann, 8.3.71
Annemarie – Annemarie Auer.
Donnerstag-Club – Im Aufbau-Verlag Berlin fanden regelmäßig Gesprächsabende mit den Autoren des Verlages und Wissenschaftlern statt.

61 An Christa Wolf, [vor 9.4.71]
Dürer-Karte – Nicht auffindbar.
„Anna Karenina" – Roman von Lew Tolstoi.
Wolfgang – Wolfgang Schreyer.
H. S. – Helmut Sakowski.
Benito – Benito Wogatzki.

62 An Brigitte Reimann, 9.4.71
„Junge Frau von 1914" – Roman von Arnold Zweig.

63 An Christa Wolf, 10.5.[71]
Unklarheiten wegen der Thronfolge – Brigitte Reimann sollte am 4.9.1971 wieder für die Wahl in den Bezirksvorstand des Schriftstellerverbandes Neubrandenburg kandidieren.

64 An Brigitte Reimann, 12.5.[71]
Rembrandt – Karte mit Rembrandt, „Selbstbildnis mit Saskia".

65 An Christa Wolf, [nach 14.5.71]
Karte mit der Vermählungsanzeige.

66 An Christa Wolf, 22.6.71
„Amerikanische Tragödie" – Roman von Theodore Dreiser.

Vorstandssitzung – Vorstandssitzung vom 1.7.1971: „Erste Auswertung des VIII. Parteitages".
der Große Helmut – Helmut Sakowski.

67 An Brigitte Reimann, 2.9.71
Geschrieben auf einer Kunstpostkarte: Edouard Manet, „Le déjeuner sur l'herbe".

68 An Brigitte Reimann, 29.9.71
Novelle vom Maler in Paris – Stephan Hermlin, „Reise eines Malers in Paris".

69 An Christa Wolf, 29.11.71
Vorstandssitzung – Vorstandssitzung vom 6.12.1971: „Probleme der Literaturentwicklung nach dem VIII. Parteitag".

70 An Brigitte Reimann, 2.12.71
Deine beiden Karten – Eine der Karten, auf die sich die folgenden Bemerkungen beziehen, fehlt.

71 An Christa Wolf, 5.12.71
im Falle der „Verschworenen" – Helmut Sakowski, „Die Verschworenen" (Fernsehspiel, 1971, vier Teile; Neufassung 1972, fünf Teile).
BL – Bezirksleitung der SED.

72 An Brigitte Reimann, 10.12.71
Hager – Kurt Hager (geb. 1912), Mitglied des Politbüros und Sekretär des ZK der SED, zuständig für ideologische Fragen.
Bobrowski-Buch – Gerhard Wolf, „Beschreibung eines Zimmers. 15 Kapitel über Johannes Bobrowski". Berlin 1971.

73 An Christa Wolf, 18.1.72
Margarete – Margarete Neumann.
über die mich das ND ... unterrichtet – „Urteilsverkündung vor dem Moskauer Stadtgericht
[...] In einem öffentlichen Prozeß vor dem Moskauer Stadtgericht gegen W. Bukowski wegen Aktivitäten zur Untergrabung der Sowjetmacht hat das Gericht am Mittwoch das Urteil verkündet. [...] Bukowski war u. a. angeklagt, Offiziere der Sowjetarmee zur Übermittlung von Informationen ins Ausland veranlaßt und rechtswidrig Geräte zum Vervielfältigen von subversiven antisowjetischen Schriften aus dem Ausland eingeschmuggelt zu haben. Er war ferner angeklagt, unter Sowjetbürgern und in einigen ausländischen Pu-

blikationen verleumderische Erfindungen über die Gesellschaft und Staatsordnung der UdSSR verbreitet zu haben. [...] Der Angeklagte gab sich gegenüber den Ausländern als Schriftsteller aus, obwohl er weder Gedichte noch Erzählungen schrieb. Nachdem Bukowski aus dem ersten Studienjahr der Biologischen Fakultät der Moskauer Universität wegen zu geringer Leistungen exmatrikuliert werden mußte ging er keiner geregelten Arbeit nach." (Neues Deutschland vom 6.1.1972, S. 7.)

Solshenizyn – Alexander Solshenizyn (geb. 1918) wurde nach der Veröffentlichung der Romane „Im ersten Kreis der Hölle" (1968) und „Krebsstation" (1968/69), die nur im westlichen Ausland erscheinen konnten, als antisowjetischer und antisozialistischer Autor bezeichnet. 1969 aus dem sowjetischen Schriftstellerverband ausgeschlossen, 1974 aus der UdSSR ausgewiesen.

Würdigung für Dahlem – Franz Dahlem (1892–1981), führender KPD-Funktionär im Pariser Exil, Spanienkämpfer, 1943–1945 KZ Mauthausen, nach 1945 Mitglied des ZK der KPD bzw. SED. 1953 aus ZK ausgeschlossen unter der Anschuldigung politischer Blindheit gegenüber der Tätigkeit imperialistischer Agenten in der Emigration. 1956 rehabilitiert, Wiederaufnahme ins ZK der SED, u. a. Stellvertreter des Ministers für Hoch- und Fachschulwesen. In der Gratulation zum 80. Geburtstag für Franz Dahlem heißt es: „Unwandelbar blieb diese Treue [zum Marxismus-Leninismus] auch in den Jahren, in denen Du auf Grund falscher Anklagen aller gesellschaftlichen Funktionen enthoben wurdest. Nach der Rehabilitierung nahmst Du mit der Dir eigenen Unermüdlichkeit sofort wieder am Kampf der Partei um den Aufbau des Sozialismus in der Deutschen Demokratischen Republik teil." (Neues Deutschland vom 14.1.1972, S. 1.)

mein Fall – Brigitte Reimanns erster Ehemann war damals in Magdeburg wegen einer tätlichen Auseinandersetzung mit einem Polizisten verhaftet worden. Man hatte sie mit dem Versprechen, seine Haftstrafe zu verkürzen, kurzzeitig zur Mitarbeit für die Staatssicherheit erpreßt. Sie hatte sich Wolfgang Schreyer anvertraut, der den Bezirks- und den zentralen Vorstand des Schriftstellerverbandes informierte. Es kam zu zwei Gesprächen mit Brigitte Reimann im Kreis der Mitglieder des Schriftstellerverbandes, an denen auch Mitarbeiter des MfS teilnahmen. Als sie nicht von ihrer Darstellung abließ, drohte man ihr – wegen Verletzung der Schweigepflicht – mit einer Gefängnisstrafe. Da man sie nicht einschüchtern konnte, verlief die Angelegenheit schließlich im Sande.

Margaretes damaliger Liebster – Der Lyriker Martin Pohl (geb. 1930).

Reiner – Reiner Kunze.

11. Plenum – Auf dem 11. Plenum des ZK der SED vom 15.–18. Dezember 1965 wurden kritische Künstler, besonders Filmemacher, angegriffen. Es beendete die Phase der tendenziellen Demokratisierung und innenpolitischen Öffnung nach dem Bau der Mauer. Vgl.: „Kahlschlag. Das 11. Plenum des ZK der SED. Studien und Dokumente". a. a.O.
der Große S. – Helmut Sakowski.
Wiens – Paul Wiens (1922–1981), Schriftsteller.
Lindemann – Werner Lindemann (geb. 1926), Lyriker und Kinderbuchautor.

75 An Christa Wolf, 13.2.72
Reiner – Reiner Kunze.
Wolfgang – Wolfgang Schreyer.
„Sonntag" – Nach der Kritik an „Nachdenken über Christa T." hatte der Name Christa Wolfs jahrelang nicht in den Medien genannt werden dürfen, so daß selbst eine kurze Ankündigung des Erscheinens von „Lesen und Schreiben" (Sonntag (Berlin), Nr. 3 vom 17.1.1972) oder das Foto einer Lesung zum 50. Geburtstag Franz Fühmanns, an der Christa Wolf teilgenommen hatte (Sonntag (Berlin), Nr. 6 vom 6.2.1972), Aufmerksamkeit erregte.
S. – Helmut Sakowski.
Hacks – Peter Hacks (geb. 1928). 1965 war sein Stück „Moritz Tasso" kritisiert worden, weil er die sozialistische Realität am kommunistischen Ideal gemessen, die Führungsfähigkeit der Partei angezweifelt hätte u. ä.
S. Rede auf dem 11. Plenum – Helmut Sakowski hatte versucht, den auf dem 11. Plenum angegriffenen Autor Werner Bräuning zu verteidigen, indem er seinen kritisierten Roman dem Stück von Peter Hacks gegenüberstellte (vgl. Helmut Sakowski, „Klare Konturen für die Kunst". In: Neues Deutschland vom 19.12.1965).
„Thunderstorm" – Wolfgang Schreyer, „Unternehmen Thunderstorm".
Vorstandssitzung – Vorstandssitzung vom 29.1.1972: „Probleme und Erfahrungen im literarischen Schaffensprozeß".

77 An Christa Wolf, 18.3.72
Essayband – „Lesen und Schreiben". Berlin und Weimar 1972.
Änne – Anna Schlotterbeck.
Modellfälle Kunze und Loest – Dem Schriftsteller Erich Loest (geb. 1926) war 1957 vorgeworfen worden, er hätte „Auffassungen in die Partei getragen, die mit denen der Konterrevolution und des ungarischen Petöfi-Kreises übereinstimmten". Nach seiner Verhaftung saß er sieben Jahre im Zuchthaus Bautzen. – Reiner Kunze,

Dozent an der Karl-Marx-Universtät Leipzig, wurde als „Konterrevolutionär“ angegriffen und mußte 1959 die Universität verlassen.

78 An Brigitte Reimann, 31.5.72
Geschlechtertauschgeschichte – „Selbstversuch“.

79 An Christa Wolf, 1.6.72
„Leuchte, mein Stern“ – „Leuchte, mein Stern, leuchte“, sowjetischer Film von Alexander Mitta (1969).

82 An Brigitte Reimann, 20.6.[72]
diese Geschichte – „Selbstversuch“.

84 An Brigitte Reimann, 1.7.72
Sarah Kirsch – Lyrikerin (geb. 1935).

85 An Brigitte Reimann, 10.7.[72]
Eulenspiegel – Christa und Gerhard Wolf, „Till Eulenspiegel. Erzählung für den Film“. Berlin und Weimar 1973.
das 6. Plenum – 6. Tagung des ZK der SED am 6.7.1972, auf der Fragen der Kulturpolitik im Mittelpunkt standen. Es wurde allgemein als Zeichen einer gewissen Liberalisierung im Umgang mit Kunst aufgefaßt.

90 An Brigitte Reimann, 30.10.[72]
Vorabdruck – Brigitte Reimann: „Franziska“. (In: Sonntag (Berlin), Nr. 43 vom 22.10.1972.)
das Buch von der Hilde Domin – „Das zweite Paradies“.
Gisela Steineckert – Schriftstellerin (geb. 1931).
Gerhard Baumert – Gerhard Holtz-Baumert (geb. 1927), Kinderbuchautor.
Harald Hauser – Schriftsteller (geb. 1912).
Herbert Nachbar – Schriftsteller (1930–1980).

Zu dieser Ausgabe

Die vorliegende Sammlung beruht auf den Briefen, die sich im Besitz von Christa Wolf und im Brigitte-Reimann-Archiv des Literaturzentrums Neubrandenburg befinden. Leider sind die Anfänge der Korrespondenz nur lückenhaft erhalten. Die Briefe werden im Prinzip vollständig wiedergegeben. Auslassungen aus Gründen des Persönlichkeitsschutzes sind durch eckige Klammern kenntlich gemacht. Schreibfehler wurden berichtigt, sinngemäße Ergänzungen und ergänzende Datierungen sind durch eckige Klammern gekennzeichnet.

Ich danke allen, die das Zustandekommen dieser Ausgabe unterstützten, besonders Christa Wolf und Dr. Rudolf Burgartz, dem Brigitte-Reimann-Archiv, Heidemarie Bock (Archiv des Schriftstellerverbandes der DDR in den Archiven der Akademie der Künste Berlin), Günter de Bruyn, Heide Hampel, Gert Neumann, Ulrich Reimann, Helmut Sakowski, Helene und Martin Schmidt und Wolfgang Schreyer.

A.D.

Inhalt

Anhang